세 개의 시간

윤여경
박효명
허진희
김유경
허윤
임우진
지음

사□계절

기획의 말

일찍이 1950년대부터 우리나라 어린이 청소년 과학소설의 선구자로 활동하셨던 작가 한낙원(1924~2007) 선생을 기리는 '한낙원과학소설상'이 벌써 세 번째 작품집을 내놓습니다.

돌이켜 보면 한국전쟁의 아픔이 생생하게 남아 있던 시절에 한낙원 선생은 미래를 먼저 생각했습니다. 어린이들이 장차 더 나은 세상을 누릴 수 있도록 과학과 스토리텔링이 결합된 과학소설을 꾸준히 집필하여 새로운 세계에 대한 가능성을 일깨웠습니다.

세계 미래학계의 거목이었던 앨빈 토플러(1928~2016)는 1970년대 초에 '왜 학교에서 아이들에게 과거의 역사는 가르치면서 미래에 대해서는 교육하지 않는가?' 하고 따끔하게 지적한 바 있습니다. 그러면서 아이들이 커서 어른이 되었을 때 부딪치게 될 여러 새로운 환경과 문제들에 슬기롭게 대처하기 위해서는 과학소설을 많이 읽혀야 한다고 말했습니다. 한낙원 선생은 바로 이런 점을 훨씬 전부터 깨닫고 평생을 어린이 청소년 과학소설에 헌신한 것입니다.

한낙원 선생의 작품은 단순히 과학 기술의 미래상 그 자체만을 묘사한 것이 아닙니다. 과학 기술이 우리의 일상생활과 사회에 어떤 영향을 미칠지, 그리고 그로 인해서 결국은 우리의 사고방식이나 세계관이 어떻게 변할지에 대한 사려 깊은 고민이 담겨 있습니다. 선생의 대표작 중 하나인 『금성탐험대』를 보면 우리나라 우주 비행사가 적대적인 나라의 사람들과 협력해서 외계의 위협에 대응하는 장면이 나옵니다. 사실 『금성탐험대』를 처음 출간했던 당시에는 우리나라와 사이가 좋지 않았던 소련(러시아의 옛 이름) 같은 나라 사람을 우호적으로 묘사하기가 쉽지 않았습니다. 자칫하면 불순한 사상을 퍼트린다고 의심받기 일쑤였기 때문이죠. 그러나 한낙원 선생은 그런 것에 아랑곳하지 않고 어린이 독자들이 더 넓은 시야를 가지도록 과감하게 화해와 평화의 메시지를 담았습니다.

지구와 인류의 미래를 위해서는 먼저 인간들끼리 갈등을 줄이고 평화를 이룩해야 한다는 점을 역설한 것입니다.

지금은 그때보다 우리 사회가 이념적으로 훨씬 자유로워졌지만, 대신에 과학 기술이 갈수록 빠르게 발전하면서 환경이 급변

하고 있습니다. 인공 지능이 머지않아 우리 생활로 들어오면 직업이 많이 없어질 거라고도 합니다. 유전 공학도 가까운 미래 사회에 큰 변화를 가져올 것입니다. 또 에너지 문제나 지구 온난화 문제도 간단하지 않습니다. 과연 이런 변화들을 현명하게 극복하려면 어떻게 해야 할까요?

바로 과학소설이 답입니다. 다가올 미래의 모습들을 다양한 스토리텔링의 형태로 상상해 보고 미리 그 해결책을 고민하는 것. 한낙원 선생이 일찍이 추구했던 과학소설의 소명입니다.

한낙원과학소설상이 시작된 지 불과 3년 만에 어린이청소년문학계에서 과학소설에 대한 관심은 놀라우리만치 커졌습니다. 이런 추세는 머지않아 우리 과학소설계의 엄청난 자산이 될 것입니다. 작가들은 물론이고, 어린이 청소년 독자들이 이전 세대와는 달리 과학소설을 통해 얻은 폭넓은 시야로 세상을 더 아름답게 가꾸어 나가리라 믿습니다.

한낙원과학소설상의 새로운 작품집을 세상에 선보이면서 어린이 청소년 독자들에 대한 기대와 미래에 대한 희망을 함께 담아 보냅니다.

이 책이 나오기 바로 얼마 전에 한낙원과학소설상 운영위원이자 심사위원으로 처음부터 함께했던 김이구 선생이 황망히 세상을 떠나고 말았습니다. 참으로 애석하고 안타깝기 그지없습니다.

문학평론가로서 든든한 버팀목이었던 선생의 부재가 너무나 크게 다가옵니다. 아무쪼록 편안히 영면하시길 기원합니다.

끝으로 한낙원과학소설상을 꾸준히 후원하시는 유족분들과 작품집을 계속 출간하시는 사계절출판사에 변함없는 감사의 마음을 전합니다.

2017년 11월

박상준(SF평론가, 서울SF아카이브 대표)

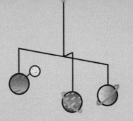

차례

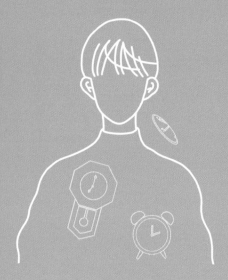

제3회 한낙원과학소설상 수상작

세 개의 시간

윤여경

"메이니! 내가 우리 우주선 관리 시스템 안에서 뭘 발견했는지 알아?"

채아는 다른 우주선에 살고 있는 메이니에게 연락했다.

"뭔데? 빨리 말해."

"타임 리셋 프로그램."

"그게 뭔데?"

"우주선 안의 시간을 지구 시간으로 바꿔 주는 거야."

"지구 시간으로?"

메이니가 대답했다.

지구 시간이라니. 물론 교육 프로그램에서 배우긴 했다. 지구에 대해선 귀가 아플 정도로 들었다. 메이니는 사실 지구가 어떤 곳인지 상상이 잘 되지 않았다. 태어난 곳이긴 하지만 한 번도 가 본 적은 없었다.

지구. 시간이 누구에게나 똑같이 흐르는 곳. 서로의 시간 속도가 다르지 않아서 모든 사람이 똑같이 일분일초를 보내는 곳. 엄마와 아들이 웃으며 대화를 나누고 노인과 젊은이가 같이 걸을 수 있는 곳.

디데이가 되어 지구에 도착하면 그런 삶을 살 수 있다고 했다.

"휴. 난 말이야, 지구 시간이니 뭐니 다 허풍인 것 같아. 어른들이랑 같은 속도로 살게 된다니. 상상이 안 돼."

메이니는 생각했다. 어른들이란 이해할 수도, 알 수도 없는 존재라고.

"하지만 메이니."

채아가 속삭이듯 말했다.

"정말 이상하게도 난 아주 어렸을 적에 내가 '엄마' 하고 말하는 걸 엄마, 아빠가 듣고 좋아했던 기억이 나."

채아는 비밀이라도 말하는 것처럼 조심스러웠다.

"정말? 너네 부모랑 지구에 있었던 게 기억난다고? 그게 가능해?"

메이니는 시큰둥했다. 메이니가 보기에 채아는 좀 특이한 면이 있는 친구였다.

"지구에 있을 때라면 네가 두 살 정도밖에 안 됐을 텐데. 그때를 기억하는 건 불가능해."

현실적인 메이니가 차분하게 덧붙였다.

"그래. 그냥 꿈을 꾼 거겠지."

채아도 웃어넘겼다. 하지만 아빠의 어깨에 올라타고 엄마와 마주 보며 서로 웃었던 기억이 정말로 생생했다. 그게 진짜 꿈에 불과하더라도 다시 꾸고 싶을 정도로 따스하고 평화로운 꿈이었다.

"어쨌든 타임 리셋 프로그램으로 오늘을 디데이처럼 만들수 있어. 디데이가 오면 행복한 세상이 시작되고 어쩌고 하는 그 디데이 말이야. 그걸 당장 만들 수 있다고."

채아가 말했다.

"기다리면 자연스럽게 그렇게 될 텐데 굳이, 뭐."

"우리 시간으로 팔 년이나 남았는데 계속 이렇게 사는 게 좋아? 단 한 번이라도 엄마, 아빠와 눈 맞추고 얘기해 보고 싶지 않아?"

"아니, 난 모르겠어."

메이니가 지루해하며 한숨을 쉬자 채아는 프로그램에 대해 더 말하고 싶은 마음을 접었다.

"채아야. 너, 리셋 프로그램인지 뭔지 건드릴 생각은 하지도 마. 연료도 부족할지 모르는데 혹시라도 너네 우주선 고장 나면 어떡해?"

메이니는 전화를 끊기 전에 채아에게 당부했다. 쓸데없는 일에 호기심을 갖는 채아가 걱정됐다.

로투스호는 작은 우주선이라서 채아의 가족만 살고 있었다. 가정용 로봇 한 대와 세 사람이 겨우 먹고사는 곳이었다. 만약 채아네 우주선이 고장 나면 다른 우주선에서 채아네 가족을 받아 줄지는 의문이었다.

로투스호는 작지만 예뻤다. 검고 광대한 우주에 반짝이는 우주선. 우주에서 로투스호는 마치 망망대해에 떠 있는 작고 푸른 연꽃이나 날갯짓을 쉬고 있는 작은 나비, 심해의 야광 물고기처럼 보였다.

우주선 창밖으로 지구가 화산재와 먼지구름 밑에서 활활 타고 있는 광경이 펼쳐졌다. 채아의 가족이 돌아가야 할 고향이었다.

로투스호와 함께 지구 궤도를 돌고 있는 수십만 개의 우주선들이 향할 목적지이기도 했다. 모두 지구로 귀환할 디데이를 기다리고 있었다. 혜성 충돌로 인한 지진과 화산 폭발, 쓰나미가 가라앉고 유독 가스가 약해지는 그날. 디데이. 지구 귀환일은 지구 시간으로 일 년 뒤로 잡혔다. 하지만 일 년이 지난다 해도 지구는 인간이 살기에 완벽하게 좋은 환경이 아닐 거였다. 그래서 어른들은 결정했다. 면역력이 약한 미성년 아이들을 빨리 성장시키기로.

그러려면 우주선 안에서의 생체 시간을 조절해야 했다.

일부 성인들은 생체 시간 속도를 늦추거나 아예 시간을 멈춰서 가수면 상태에 빠지게 했다. 음식이나 생활품 같은 자원을 아끼기 위해서였다. 그와 반대로 아이들의 생체 시간은 빠르게 조절해서 빨리 성장하게 했다. 디데이가 되면 모두 건강한 성인으로 지구에 도착해서 척박한 자연환경에 적응할 수 있도록 말이다.

그때만 해도 모두 합리적인 결정이라고 생각했다.

어린 채아가 견딜 수 있는 지구 환경이 아니기 때문에 채아의 부모도 적극 찬성했다. 채아의 아빠와 엄마 그리고 채아의 생체 시간 속도를 0:1:18으로 지정하기로 했다.

두 살의 아이를 일 년 만에 스무 살로 만들다니. 한 번도 시도된 적 없어 부작용이 걱정됐지만 효용이 크다고 생각했다. 시간 차이 때문에 벌어질 육아의 문제는 가정용 로봇과 관리 시스템에 내장된 교육 프로그램이 해결해 주기로 했다.

채아는 지금 열두 살이지만 엄마는 여전히 스물여덟이다. 디데이가 되면 둘은 고작 아홉 살 차이밖에 나지 않을 거다. 채아의 시간은 엄마의 시간보다 훨씬 빠르게 가기 때문에 채아에게 남은 팔 년이 엄마에게는 겨우 몇 개월일 뿐이다.

세 개의 시계는 각각 로투스호 양옆 벽과 천장에 붙어 있었다.

선실의 오른쪽 벽 화면에는 연예인 얼굴이 떠 있고 그 위 선반에는 핑크빛 야광 시계가 있었다. 채아의 시계였다. 왼쪽 벽 선반에는 엄마의 시계가 있었다. 중후한 느낌의 갈색 나무로 만든 시계였는데 초침이 우웅거리는 소리를 내면서 돌아갔다. 종소리 또한 우웅거려서 채아를 깜짝깜짝 놀라게 했다. 한 시간마다 맑은 괘종소리가 울렸지만 엄마의 시간에 맞춰 있어 채아에게는 기분 나쁜 소음으로 들렸다. 엄마에게 마련된 왼쪽 벽 화면에서는 세계 연합이 보내는 비상 뉴스가 방영되고 있었다. 뉴스도 마찬가지로 엄마의 시간에 맞춰 있어서 말소리가 너무 느려 알아들을 수 없었다. 시계나 뉴스나 채아에게 시끄럽긴 매한가지였다.

채아는 음악을 틀고 볼륨을 높였다. 채아의 시간에 맞춰진 방송에서 나오는 경쾌한 음악 소리에 뉴스 소리가 묻혔다. 문득 쳐다보니 엄마도 채아의 음악 따위는 신경 쓰이지 않는다는 듯 뉴스에 귀를 기울이고 있었다.

세 번째 시계는 천장에 붙어 있어서 애써 올려다보지 않으면 채아에겐 보이지 않았다. 늘 같은 시각을 가리켰기 때문에 볼 필요도 없었다. 아빠는 방 가운데 있는 침대에 누워서 시계 쪽을 바라보고 있었으나 시선은 천장을 지나 먼 우주를 향하고 있는 듯 멍해 보였다.

세 개의 시계는 각기 속도가 달랐다. 채아의 시계는 너무나 빨랐고 그 흐름 속에서 채아는 많은 일을 할 수 있었다. 벽에 붙은 화면을 통해 음악을 듣고 친구와 화상 전화를 하고 교육 프로그램으로 수업을 듣고 책도 읽었다.

엄마의 눈에 채아는 마치 영상을 빨리 돌려 놓은 것처럼 보였다. 채아는 이리저리 움직이고 있었다. 음악에 맞춰 춤을 추다가 책상에 앉는가 싶더니 갑자기 몇 초도 안 되어서 자리에서 일어나 책을 읽었다. 엄마가 보기에 채아의 화면 속 책장은 너무 빨리 넘어갔다. 그러는 동안 채아는 단 한 번 엄마를 뒤돌아보았는데 엄마는 미동도 않고 뉴스를 보고 있었다.

채아가 보기에 엄마는 하루 종일 책상 앞에 앉아 있거나 뉴스를 보았다. 그것을 아주 천천히 했기 때문에 어느 때는 채아의 시간으로 사흘 밤낮을 앉아 있었던 적도 있다. 심지어 잠이라도 들면 엄마는 일주일을 꼬박 누워만 있었다.

반대로 엄마는 채아가 책을 들었다가 읽는 둥 마는 둥 그냥 노는 것으로 오해했다. 채아에게 책을 천천히 읽으라고 나무라기도 했지만 채아는 알아듣지 못했다. 그도 그럴 것이 엄마는 '책을'이라고 말해도 채아에게는 '취이으아애애애으으으애애애그으으으으을', 이런 식으로 들렸기 때문에 도저히 알아들을 수가 없었다. 한 문장을 듣는 데도 몇십 초는 걸렸다.

채아는 집중하려고 했지만 엄마 말을 들으려면 몇 분이나 그대로 멈춰 서야 했기 때문에 너무나 힘들었다. 우주선 기록 영상을 돌려 보면 정확한 뜻을 알 수 있었지만 그것도 한두 번이었다. 언제부턴가 둘은 아예 서로에게 말을 걸지 않게 됐다.

아빠를 상대하는 건 엄마를 상대하는 것보다 쉬웠다. 아빠는 채아에게 아무 말도 하지 않았기 때문이다. 가끔 채아가 말을 걸면 살짝 눈꺼풀이 흔들리는 것같이 보이기도 했지만 그건 착각이었다. 아빠의 시계는 멈춰 있었으니까. 채아는 아무 말도 없이 그림같이 멈춰 있는 아빠를 보면서 답답하기는 했지만 평안함도 느꼈다. 그건 그림을 보고 느끼는 평안함과 비슷했다. 아빠라는 존재는 가구나 그림과 별로 다른 점이 없었다.

디데이는 언제 오지? 채아는 느린 엄마와 멈춰 있는 아빠를 보면서 늘 생각했다.

엄마와 아빠와 채아는 하나의 우주선 안에 살고 있었지만 세 개의 다른 세상에서 살고 있는 거나 다름없었다.

채아는 자신이 엄마 아빠와 함께 어울리는 그림을 떠올렸다. 좁은 우주선에서 외롭고 지루해질 때마다 그 그림은 머릿속에서 더 커져 갔다.

친구들의 얼굴로 가득 찼던 전화 화면이 꺼질 때면 우주선 안은 적막해지곤 했다. 채아가 사는 우주선은 메이니가 사는 우주선처럼 수백 명의 사람들로 북적이지 않았기 때문이다. 채아는 공허하게 꺼진 전화 화면을 멍하니 들여다보곤 했다.

메이니의 말처럼 디데이까지만 기다리면 된다. 하지만 디데이까지는 채아의 시간으로 팔 년이나 남았다. 너무 멀게 느껴졌다. 채아는 더 이상 기다릴 수 없었다. 시간을 리셋할 방법을 알게 된 이상.

◇◇◇

채아가 리셋 프로그램에 손을 대자 로투스호 관리 시스템이 "시간을 리셋합니다!"라고 안내를 했고 세 개의 시계에 변화가 생겼다. 빨리 움직이던 채아의 시계는 속도가 느려졌고 아빠의 시계가 움직이기 시작했다.

"오늘이 디데이인가?"

아빠가 잠에서 깨어나 하품을 하며 관리 시스템에게 물었다. 채아는 자신의 눈을 믿을 수 없었다. 아빠가 말을 하다니. 상상 속에서만 일어나던 일이었다.

"아니요. 오늘은 디데이가 아닙니다. 로투스호는 아직 지구 대기권을 돌고 있습니다."

동그란 버튼 모양의 관리 시스템이 벽 화면 속에서 깜박이며 말했다.

"디데이도 아닌데 그럼 내가 왜 깨어났지?"

"우주선이 노후해서 프로그램에 문제가 생긴 것 같습니다. 혹시 모르니 삼 분 정도 점검한 뒤 생체 시간을 다시 복원하겠습니다."

채아와 부모는 그제야 서로를 보았다.

"넌……?"

아빠가 채아를 보며 물었다.

"앤 채아예요."

엄마가 대신 대답했다.

"맙소사. 시간이 얼마나 흐른 거요?"

아빠가 말했다.

"채아의 시간으로 십 년이 지났어요."

엄마가 말했다.

채아는 엄마의 말을 알아듣게 되자 기분이 이상했다. 항상 한 음절의 말만 했는데 이제는 다 들렸다.

"시간이 그렇게 지났다는 말이오?"

아빠가 말했다.

"당신과 당신의 시계는 이곳에 온 후로 멈춰 있었으니까요."

엄마가 약간 책망하듯 말했다.

"내 시계는 멈춰 있을 수밖에 없소. 우리의 미래를…… 효율성을 생각한 거요."

아빠의 말에 엄마는 시무룩하게 고개를 돌렸다. 사실, 둘이 상의해서 내린 결정이었다. 채아가 십팔 년을 성장할 일 년의 시간 동안 아빠는 가수면 상태로 멈춰 있기로 했었다. 성장할 필요가 없는 어른이니 식량을 이용하는 건 낭비에 불과했다. 그런데 채아가 두 살에서 열두 살로 급속하게 자라나는 동안 대화 한 번 제대로 못 한 시간을 버텨 내면서 엄마는 점점 정신적으로 힘들어졌다. 그때마다 누워 있는 남편을 보고 자기도 모르게 원망하는 마음이 들었다.

"채아야!"

아빠가 두 손을 내밀었다. 채아는 뒷걸음질을 쳤다. 동상이 움직이는 걸 본 것처럼 기괴한 기분이었다.

"채아야. 널 놀라게 하려던 게 아니야."

아빠는 채아를 향해 뻗었던 팔을 조심스럽게 내렸다. 세상에서 제일 소중한 것을 부르듯 채아를 부르는 아빠 목소리에 채아의 얼어붙은 마음이 조금씩 녹기 시작했다.

항상 누워만 있어서 몰랐는데 아빠의 몸집은 매우 컸다. 아빠가 조심스럽게 채아 옆으로 다가오자 주위가 어두워졌다. 채아보다 두 배는 큰 아빠의 그림자가 채아를 감쌌다. 채아는 자신이 매우 작게 느껴졌다. 하지만 기분 좋은 작음이었다. 작지만 세상 누구보다 센 느낌. 자상하고 큰 그림자 밑에서 보호받는 느낌.

"네가 나를 기억하지 못하는 것도 당연하지."

채아는 그렇게 말하는 아빠의 표정에서 슬픔을 읽었다.

"아니에요. 기억해요."

채아는 두 살 때 아빠의 목말을 탔던 기억을 말했다. 엄마와 아빠는 신기하다는 듯 서로를 보았다. 삼 분은 금세 흘러가 버렸다.

"아무 이상이 없습니다. 생체 시간을 다시 세팅하겠습니다."

관리 시스템이 말했다.

"모두 디데이에 봅시다."

아빠가 말했다. 엄마는 할 말이 많은 표정이었지만 말없이 채아를 보았다.

세 사람은 원래 있던 자리에 시계를 놓았다. 그리고 아빠는 다시 침대 위에 올라가 누웠다. 그러자 시계는 예전처럼 돌아가기 시작했다.

아빠의 눈동자는 점차 천천히 움직이더니 나중에는 멍해졌다. 아빠의 시계는 다시 멈췄고 아빠는 더 이상 움직이지 않았다. 방금 전까지 말을 걸던 아빠의 모습이 꿈인 것만 같았다.

채아는 우주선 기록 영상을 다시 봤다. 채아가 아빠 엄마와 대화하고 있는 모습이었다. 삼 분밖에 안 되는 동영상이지만 보고 또 봤다. 아무리 봐도 그냥 꿈만 같았다.

"정말로 디데이 된 상황을 겪어 봤다고?"

화면 너머에서 메이니는 믿을 수 없어 했다.

"정말 신기해. 엄마랑 아빠랑 실시간으로 대화해 봤어."

채아가 말했다.

"진짜? 무서웠겠다."

메이니가 몸을 떨었다.

"무섭진 않았어. 그냥 평범하지만 뭐랄까…… 따뜻한 느낌?"

"굉장해."

"너도 해 봐."

"우리 우주선은 너희 우주선처럼 작지 않아. 중앙 통제실에나 가야 타임 리셋 프로그램을 구경해 볼걸. 어쨌든 대단하다."

메이니가 치켜세우자 채아는 기분이 좋아졌다.

채아는 다음 날 다시 리셋 프로그램에 손을 댔다. 로투스호 관리 시스템이 "시간을 리셋합니다!"라고 말하자 세 개의 시간이 같은 속도로 흐르기 시작했다.

"채아야."

엄마와 아빠는 채아와 다시 대화를 할 수 있었다. 이번에는 삼 분이 아니라 삼십 분이었다. 그동안 대화를 나눴을 뿐만 아니라 아빠는 채아의 고장 난 비행복을 손질해 줬고 또 지구에 내리면 어떻게 살게 될지 계획을 말하기도 했다. 채아는 어렸을 때의 그 기분이 꿈이 아니었음을 느낄 수 있었다. 부모에게 보살핌받는 따스한 느낌이었다. 어서 빨리 디데이가 와서 부모와 같이 지냈으면 좋겠다는 생각이 들었다.

그 뒤에도 채아는 계속해서 타임 리셋 프로그램에 손을 댔다. 세 번째 그리고 네 번째 만남이 계속되자 채아의 부모는 걱정을 하기 시작했다.

우주선 안의 시계가 왜 자꾸 문제를 일으키는지 엄마는 느낌으로 알고 있었지만 증거를 잡을 수는 없었다. 채아가 움직이는 속도는 너무나 빨라서 잡아낼 수 없었기 때문이다. 엄마가 우주선 기록 영상을 살피려고 할 때마다 채아는 재빠르게 영상을 지워 버렸다.

"채아야. 타임 리셋 프로그램을 건드렸니? 자꾸 그러면 안 돼. 혹시라도 네 생체 기능이 고장 나 버리면 어떡해?"

22

엄마와 아빠는 처음으로 채아를 꾸짖었다.

채아는 놀랐다. 엄마와 아빠를 기쁘게 해 주고 자신도 즐겁기 위해서였는데 도리어 실망시키고 꾸중을 듣다니 마음이 너무 아팠다. 동시에 화도 나고 복잡한 마음이었다. 채아는 리셋 프로그램에 손대지 않고 채아 시간으로 육 개월을 보냈다.

외로워질 때면 메이나나 다른 아이들에게 무용담을 펼치곤 했다. 없었던 일도 약간 보태서. 채아의 얘기는 다른 우주선의 아이들에게 전설처럼 퍼졌다.

"네가 시간을 마음대로 바꾸는 애라며?"

어느 날, 수천 명이 탑승한 대형 우주선 에너하이즈호에 사는 은찬이 채아에게 연락했다. 당장이라도 어디든 뛰어갈 듯한 씩씩함이 화면 밖으로 전해지는 소년이었다. 은찬의 시간은 채아보다 약간 느린 속도로 흘렀지만 둘이 대화하는 데 불편한 정도는 아니었다.

"시간을 바꾼다기보다는 그냥 타임 리셋 프로그램을 건드렸을 뿐이야."

채아가 대답했다.

"어떤 프로그램인데?"

은찬은 다른 아이들과 달리 기술적인 부분을 매우 궁금해했다.

"좀 복잡해."

"상관없어. 말해 봐."

은찬이 눈을 빛내며 말했다.

은찬의 관심에 신이 난 채아는 기술적인 부분을 열심히 설명했다. 채아의 설명을 찬찬히 들으며 중간중간 질문을 하던 은찬이 혼자 중얼거렸다.

"에너하이즈호에 적용하려면 방법을 좀 달리 써야겠는데."

"뭐라고? 설마 에너하이즈호 타임 리셋 프로그램을 해킹하게? 우주선 안의 수천 명이 영향을 받을 텐데?"

채아는 놀랐다.

"그냥 그렇다는 거야. 시간을 같은 속도로 가게 하니까 어때? 좋았어?"

은찬은 다른 질문으로 화제를 돌렸다.

"지구에서처럼 살면 어떤 느낌일지 궁금해서 해 봤는데. 글쎄, 모르겠어. 결국 아빠와 싸움이 나기도 했고……."

"그럴 줄 알았어. 난 우주선에 올라타기 전에 일곱 살이어서 아는데. 부모들이란 역겨워. 자기들 이기심 때문에 생체 시계를 아예 멈춰 버린 거야. 아이들을 버려두고."

은찬은 그렇게 말했다.

"그렇지 않아. 내 생각에는…… 그러니까……."

이럴 때 말이 정리가 안 되다니. 채아는 안타까웠다. 한 번에 설명하기에는 복잡했다.

"알았어. 역겹다는 말 취소."

24

은찬이 웃었다. 채아의 열 마디 말보다 안타까운 표정 하나가 모든 걸 전해 줬기 때문이다. 채아는 부모를 소중한 존재라고 생각하는 것 같았다. 은찬은 그 모습에 자기도 모르게 안심이 되었다. 자신도 언젠가 아빠가 될 텐데 커서 똑같은 어른이 될까 봐 속으로 걱정하고 있었는지도 몰랐다. 사실 은찬은 아빠들에 대해서는 잘 몰랐다. 은찬은 엄마만 둘이었다.

"지구에서 엄마들과 나는 꽤 사이가 좋았어. 그런데 이젠 아니야. 엄마들끼리는 서로 시간 차가 안 나서 매일 대화하지만 나랑은 이제 말도 안 섞어. 예전에는 한가족이었는데 이젠 아닌 것 같아. 지금이라도 한번 따지고 싶어. 사실은 입양한 날 버리고 자기들끼리 있고 싶은 건 아닌지. 이렇게 몇 년을 더 보내기는 싫어."

은찬의 말은 그렇게 끊겼다. 둘은 좀 더 얘기하고 싶었지만 에너하이즈호에서는 에너지를 절약해야 한다며 강제로 둘의 송수신을 끊었다. 송수신이 끊긴 뒤에도 채아는 잠시 동안 미소를 짓고 있었다. 은찬의 미소는 전염성이 있었다.

채아는 멈춰 있는 아빠에게 다가갔다. 겨우 몇 번 대화를 나눠 보았을 뿐이지만 자신의 아빠는 나쁘지 않았다. 아빠는 지구에 정착해서 어떻게 살아갈지 많이 걱정하고 계획하고 있었다. 채아의 비행복이 고장 난 것을 안타까워하며 손질해 주었다. 지금도 왠지 채아를 보고 있는 느낌이 들었다. 이상했다. 아빠의 시선은 천장을 향하고 있는데 말이다.

채아는 아빠의 뺨에 손을 댔다. 그런데 이상한 일이 벌어졌
다. 분명 숨도 멈춰 있고 생체 기능도 멈춰 있어야 할 아빠의
눈에 눈물이 한 방울 맺혔다. 채아는 자리에 멈춰 서서, 그 눈
물방울이 커지더니 아빠의 뺨을 타고 조용히 흘러내리는 것
을 지켜보았다.

아빠 엄마와 대화해 보기 전이었다면 절대로 이해할 수 없
는 사건이었다. 왜냐하면 예전에는 보이는 그대로만 받아들였
기 때문이다. 하지만 이제는 이 이해할 수 없는 일이 약간은
이해가 될 것 같기도 했다. 세상에는 말로 설명할 수 없는 일
도 있다는 걸 깨달았다.

◇◇◇

디데이가 가까워 왔다. 채아는 열여덟 살이 되었다. 엄마가
더 이상 어른으로 보이지 않았다. 키도 엄마보다 머리 하나는
더 컸다. 나이까지 엇비슷해져서 이제 엄마는 자신의 또래나
언니 정도로 보였다.

시간 차이 때문에 엄마와는 여전히 말이 통하지 않았다. 그
래도 채아는 그 잠깐 동안의 리셋을 떠올리며 엄마를 기억했
다. 실망한 눈빛이 아니라 사실은 걱정하는 눈빛이었다는 것
도 그때 알았다.

부모에게 혼난 뒤로 채아는 리셋 프로그램을 건드리지 않았다. 엄마 아빠와 시간을 보내고 싶지 않아서가 아니었다. 우주선이 고장 나서 모두 다칠까 봐 참기로 했다.

◇◇◇

은찬이 처벌받게 되었다는 소식을 들은 건 채아의 시간으로 디데이 일 년 전이었다. 타임 리셋을 해서 에너하이즈호 전체의 시간을 같은 속도로 흐르게 한 죄였다. 수천 명이 거주하는 대형 우주선 안의 질서를 흐트러뜨린 죄는 매우 강하게 처벌했다.

이미 미성년자가 아닌 은찬은 하선할 때까지 우주선 안의 감옥에 갇혀 있어야 했다.

"감옥 안에서는 맛있는 음식도 못 먹고 간식도 없다던데."

너무 튀는 면이 있다면서 은찬을 그다지 안 좋아했던 메이니조차 그를 걱정했다.

은찬의 엄마들은 급히 채아에게 연락했다. 은찬을 위한 탄원서를 올리기 위해서였다. 채아는 최선을 다해 은찬을 도와주려고 했다. 부모와의 소통이 정서적인 안정감을 주었다는 사실을 자세히 전했지만 그걸로는 부족한 모양이었다. 에너하이즈호 대표 회의는 재심을 기각했다. 부모 자식 간의 정서적인 소통이 있었다 해도 우주선 운항에 해를 끼치는 행동은 중

죄라는 결론이었다.

"엄마들과도 못 만나게 될 거라며?"

채아가 화면 너머의 은찬에게 말했다. 만약 채아가 그 우주선에 있었다면 같은 죄목으로 갇혔을 거다. 은찬과는 감옥에 들어가기 전에 딱 한 번 통화할 수 있었다.

"괜찮아. 저번에 리셋해서 셋이 만났을 때 다 얘기 끝냈어. 하선하면 다시 얘기하자고. 그리고 정말 재미있었어. 너는 모를 거야. 수천 명이 있는 이 우주선 안의 선실들이 온통 시끄러웠다니까. 웃는 소리도 들리고. 뭔가 던지고 싸우는 소리가 들리는 선실도 많았지."

은찬은 이미 청년이 되어 있었지만 말투는 여전히 밝았다.

"네가 처벌받는다는 소식을 듣고 미안했어. 나한테 연락한 걸 후회할까 봐 걱정도 됐고……."

채아가 말했다.

"넌 리셋을 후회해?"

은찬이 물었다.

"아니."

그렇게 말하며 고개를 젓는 채아의 창백한 얼굴이 은찬의 눈에는 눈부셨다. 채아는 이제 더 이상 아이가 아니라 스무 살에 가까운 아가씨였다.

"그렇구나. 하선하면……."

은찬이 환하게 웃으며 말하고 있는데 갑자기 통신이 끊기고 화면이 어두워졌다. 통화가 끝나도 채아는 미소 짓고 있는 자신을 발견했다. 은찬의 미소는 여전히 전염성이 강했다.

◇◇◇

드디어 디데이. 모두들 기대와 두려움이 섞인 마음으로 지구 표면에 착륙했다. 이제 다시 삶이 시작되는 거였다. 우주선 밖의 진짜 삶. 지구에서의 삶. 하지만 예상을 벗어난 일이 일어났다.

디데이. 수십만 개의 우주선이 지구에 도착한 날. 우주선마다 비극이 벌어졌다. 자동으로 속도가 조절되리라 예상했지만 지구 속도에 거부 반응을 일으키며 속도 조절 능력이 망가졌다. 이제 스스로의 의지만으로 시간의 속도에 몸을 맞춰야 했다. 물리치료를 하듯 서로의 시간에 맞춰 가는 노력이 필요했다.

가장 큰 비극은 스스로 생체 시계를 멈춘 이들에게 닥쳤다. 그들의 의식은 깨어나지 못했기 때문에 움직일 수 없었다.

비극은 계속됐다. 지구에 도착하고 나서도 아이들은 생체 시간을 리셋하지 않았다. 일 년을 이십 년처럼 보낸 아이들, 즉 시간 속도를 빠르게 조정했던 사람들은 자신들이 정상이라고 생각했다. 군이 느린 사람들과 속도를 맞춰야 할 이유를 찾지 못했다. 느린 사람들이 자신의 가족이고 어른이기 때문이니 하는 말도 공감되지 않았다. 한 번도 제대로 대화해 본 적이 없는 사람들과 척박한 땅에서 속도를 맞추어 같이 살아야 할 의무 따위는 느끼지 못했다.

수십만 대의 우주선에서 같은 일이 벌어졌다.

리셋 프로그램이 제대로 작동한 것은 로투스호와 에너하이즈호뿐이었다. 지구에 도착해야 할 수천만 명의 사람들 중 겨우 수천 명이었다.

두 우주선의 아이들과 어른들은 같은 속도로 움직였다. 리셋에 노출된 경험이 속도 변화에 대한 거부 반응을 가라앉혔기 때문이라는 이유가 나중에 밝혀졌다.

성인이 된 채아는 엄마와 아빠의 손을 잡고 우주선에서 내려왔다. 다른 우주선의 하선 광경은 조금 달랐다.

채아는 눈앞에 펼쳐지는 놀라운 광경을 숨을 멈추고 바라보았다. 다른 우주선의 출입구에서는 빨리 감은 영상처럼 젊은 사람들이 제일 먼저 내려왔다. 그 뒤를 느린 사람들이 멈춘 사람들을 업거나 안고 천천히 내려왔다.

일 년 전에 자신의 아이들이었던 사람들이 재빨리 창고를 털어 비상식량과 자재를 숨기는 것을 부모들은 지켜볼 수밖에 없었다.

"메이니!"

채아가 메이니를 발견하고 소리쳤지만 메이니는 알아듣지 못했다. 메이니는 빠른 속도로 움직여서 창고로 달려가고 있었다.

"메이니……"

우주선을 막 나온 메이니 부모도 메이니를 불렀지만 소용 없었다. 메이니는 지구 시간으로 삼 년이면 노인이 되겠지만, 이미 메이니에게 지구 시간이란 것은 의미가 없었다.

디데이는 왔지만 오지 않은 거나 마찬가지였다.

지구는 더 이상 시간이 누구에게나 똑같이 흐르는 곳, 서로의 시간 속도가 다르지 않아서 모든 사람이 똑같이 일분일초를 보내는 곳, 엄마와 아들이 웃으며 대화를 나누고 노인과 젊은이가 같이 걸을 수 있는 곳이 아니었다.

멈춰 버린 사람들과 빠른 사람들, 그리고 느린 사람들이 서로 섞이지 못한 채 같이 사는 곳. 각자의 시간이 공존하며 서로 화해하지 않는 곳이었다.

그 후로 일 년이 지났지만 변한 건 없었다.

지구에 도착한 지 삼 년 만에 부모의 나이를 훌쩍 넘겨 버린 자식들은 여전히 속도를 조절할 마음이 없었다. 중간에 타임 리셋을 해서 우연히 지구 시간에 대한 거부 반응을 가라앉히지 않았다면 채아도 저런 모습이었을 거다.

자식들이 빨리 돌린 영상처럼 돌아다니며 급속히 노쇠해 가는 모습을 부모들은 매일매일 속수무책으로 지켜보았다.

의지와 상관없이 시간이 멈춰 버린 사람들은 최소한의 영양만 투약 받으며 의식을 잃은 채 식물인간으로 누워 지냈다.

승선 기간 동안 타임 리셋을 겪은 에너하이즈호와 로투스호 출신들은 모범 사례로, 수천만의 지구 재정착자들 가운데 주요 지위를 차지했다. 지구재건위원회의 청년 임원이 된 채아와 은찬은 세대 간의 리셋증후군을 치유하는 일을 했다. 사람들에게 서로의 속도를 맞추는 노력을 하게끔 설득하는 일이었다. 다행히도 노력한 효과는 조금씩 드러나서 치유되는 사람들이 늘어났다.

어느 날 채아는 메이니와 다시 마주쳤다. 시간이 멈춘 사람들의 그룹에 속해 누워 있는 메이니의 아빠를 모니터하고 있던 중이었다. 가슴에 붙인 식별 번호가 없었다면 메이니인 줄 몰라봤을 거였다.

이미 흰머리가 성성한 메이니는 채아뿐만 아니라 자신의 아빠도 알아보지 못한 채 빠른 속도로 무심히 지나가 버렸다. 너무나 순식간에 벌어진 일이라서 채아는 멍하니 메이니의 뒷모습을 바라보다가 누워 있는 메이니의 아빠를 돌아보았다.

그때 채아는 보았다. 시간이 멈춘 메이니 아빠의 눈에 맺힌 물방울을. 분명히 눈물이었다.

채아는 메이니 아빠의 눈물을 닦아 줬다. 건너편에 있던 은찬은 채아의 젖은 눈을 보고 손을 내밀어 채아의 어깨를 토닥였다.

그날 밤 채아는 엄마와 아빠에게 낮에 있었던 일을 얘기했다. 순식간에 자신을 지나치고 사라져 버린 메이니와, 눈을 감고 있어서 아무것도 볼 수 없는 메이니 아빠가 흘린 눈물에 대해.

채아의 엄마와 아빠는 이야기를 듣는 내내 고개를 끄덕였다. 있을 수 있는 이야기인지 없는 이야기인지는 중요하지 않았다. 겨우 몇 시간 전에 벌어졌던 사건이지만 이야기를 듣는 내내 채아의 아빠는 기분이 이상했다. 마치 익숙한 옛날이야기를 듣는 기분이었기 때문이다. 너무나 익숙해서 자신이 겪었던 이야기같이 들리는 옛날이야기였다.

보물찾기를 하는 어린아이의 마음으로

한때 어린이였다는 게 참 다행일 뿐입니다. 그 덕분에 가상현실이니 웨어러블 휴대전화니 하는 신기술에 적응할 때마다 어린이였을 때의 호기심 어린 마음가짐을 소환하면 되니 말입니다. 이처럼 어린이의 마음가짐이 소중한 자산이 되는 시대가 또 언제 있었나 싶습니다. 나날이 성장하며 새롭게 태어나는 과학 기술은, 호기심 많은 어린이들의 모습과 참 많이 닮았구나 싶습니다.

광활한 우주 공간과 끝없이 긴 우주 시간이라는 과학적 경이 앞에서 인류는 작은 어린이로 돌아간 심정이 됩니다. 그리고 보물찾기를 하는 어린이의 마음으로 SF 영화, 만화, 과학소설을 봅니다. 아무쪼록 대한민국에서도 보물찾기가 많이 이뤄졌으면 좋겠습니다. 나노 기술, 시간 여행, 가상 현실, 차원 이동, 우주 탐사 등 신기하고 멋진 보물을 찾으려고 하는 순간 그 마음은 이미 보물로 변해 있을 테니까요.

1950년대, 전쟁 후의 절망적인 상황에서도 대한민국의 소년, 소녀 들을 소설 속에서 멀리 금성으로, 우주로 모험을 보내는 포부를 보이신 한낙원 선생님의 정신을 본받겠습니다. 척박했던 1950년대와는 다르게 화려한 2010년대에도 지구 멸망, 관계 갈등, 내면 탐구, 우주 탐사 등 다양하고 복잡한 난제와 즐거운 발견이 기다리고 있으니 과학소설 속에서 청소년 독자들도 신나게 바쁠 예정입니다.

한낙원과학소설상으로 어린이 청소년 과학소설계에 힘을 실어 주신 한낙원 선생님의 유족분들의 깊은 뜻에 고개 숙입니다. 오랜 시간 격려와 채찍질을 해 주신 김창일 선생님과 전우 같은 문우들, 소중한 가족들 감사합니다.

시상식 때 처음 뵀지만 오랜만에 다시 본 인연을 만난 듯 반갑기만 했던 김이구, 박상준 심사위원님 감사합니다. 『어린이와 문학』 편집진님들, 원고를 세심하게 수정, 보완해 주신 나고은 님, 에너지를 주시는 김태희 팀장님, 품격 있는 강맑실 사장님 정말 고맙습니다.

청소년만의 브랜드 사계절1318문고를 멋지게 이끌고 욜로 욜로 시리즈를 만들어 어른 속에 숨어 있는 순수성을 응원하고 있는 사계절출판사와 편집진의 늘 푸른 미래를 기원합니다.

윤여경

수상 작가 신작

달의 정원

윤여경

달의 이야기

우리 이야기를 어디서부터 시작해야 좋을까? 짧지만 길고, 수없이 많지만 단 하나뿐인 이야기.

그날이 좋겠다. 내 일곱 번째 행성, 밸런타인데이. 네 사랑은 끝났고 내 사랑은 시작된 날.

그날. 네 이름은 정원 그리고 난 달이었지.

"한정원이 은달 옆으로 가고 있어."

하굣길 버스에 타자 한 소녀의 속삭임이 들렸다. 절박한 목소리에 놀라서 나도 북적거리는 스쿨버스 안을 둘러보았다. 정원이 누구한테? 그러다가 깨달았다. 아, 참. 잊었다. 이 행성에서 내 이름이 은달인 걸. 일곱 개의 이름 중 가장 기억하기 싫은 이름이다.

"은달 옆은 안 돼. 사고라도 생기면 어떡해?"

한 소녀의 목소리가 다급했다. 좀 심한 말이었지만 왜 그런 말을 하는지 이해가 안 가는 건 아니었다. 은달이라는 아이는 좀 운이 없다. 부모를 대형 사고로 잃고 혼자 살아남은 나, 은달은 온갖 기괴한 소문의 주인공이다.

나는 고개를 숙였다. 열일곱 살의 왕따 학생은 이런 상황에서 주로 우울하게 고개를 숙여야 하기 때문이다. 이런 건 대본이 없어도 아는 거다. 나는 보이지 않는 대본에 충실한 연기자다. 엑스트라 인생은 대본에 손댈 수가 없다. 종종 대본을 무시하고 애드리브를 치는 건 스타 인생에게만 허용된다. 예를 들면 한정원같이.

"무슨 사고? 스캔들 같은 거?"

정원이 장난스럽게 대답하자 아이들이 야유했다. 버스 안의 분위기는 가볍고 밝아졌다. 예명 에덴(Eden)으로 더 잘 알려진 배우 한정원. 신비로운 외모에 날렵한 몸가짐. 주위를 밝히는 전등 같은 미소. 팬들은 정원이 있는 곳이 천상의 에덴이라고 했다. 그래서 그 애가 다니는 학교도, 버스 옆자리도 에덴이었다. 그리고 당연히 그런 밝고 완벽한 에덴동산에는 나 같은 저주받은 영혼은 발을 들여선 안 된다고 생각하는 모양이었다.

"나, 저주에 걸린 것 같아."

정원은 내 옆자리에 풀썩 주저앉아 가슴을 쓸어내리며 훌쩍거렸다. 스쿨버스 안 아이들의 귀가 다 우리에게 쏠려 있었다.

"밸런타인데이가 생일이라니 신의 저주잖아. 생일 파티 하려고 해도 커플 친구들은 연락도 안 되고 기분은 몇 배로 나빠지고 말이야. 네가 저주 좀 풀어 줄래? 복잡한 거 말고 그냥 간단한 사랑 고백이면 되는데……."

정원이 말했다.

"됐어."

내가 말했다. 그 애 주위에는 항상 사랑 고백을 하려는 소녀들이 넘치는데 굳이 나까지 그 대열에 합류하고 싶지는 않았다. 만약 그 애 비밀을 알게 된대도 정원에 대한 소녀들의 마음은 그대로일까.

"안 되면 초콜릿이라도."

정원이 내 팔을 흔들었다.

"고백이나 초콜릿이나 의미는 똑같은 거잖아. 안 해."

정원은 오늘 내내 내게 초콜릿을 사 달라고 졸랐다. 멀리서 나와 눈이 마주칠 때마다 계속 입 모양으로 초콜릿을 발음하고, 급기야 점심시간에는 몰래 학교 담을 넘어가서 사탕을 사 갖고 왔다.

"화이트데이 거 미리 주는 거야. 그러니까 너도 초콜릿 준다고 해서 손해 볼 거 없다."

"도대체 무슨 소리야."

"그렇지? 내가 생각해도 말이 안 돼. 지금 줬는데 화이트데이 때도 또 주고 싶다니. 그냥 매일 줄까?"

정원의 심각한 표정 앞에서 나도 모르게 웃어 버렸다. 그 애는 사람을 웃게 만드는 능력이 있었다. 나와는 다른 세계에서 온 미소다. 그런 가벼운 미소는 내 무거운 세계에는 어울리지 않는다. 나는 엉덩이를 떼서 창가 쪽으로 최대한 붙었다. 조금씩. 그 애가 눈치채지 못하게 1센티미터씩 움직여 한 뼘 정도 간격을 넓혔다.

"지구에서 열일곱 살로 있으면 좋은 점이 뭘까?"

우리가 처음 만난 지 얼마 안 된 어느 날, 정원이 물었다.

"일 년 지나면 다시는 열일곱 살이 안 되는 거."

나는 대답했다. 2017년 서울에서 평범한 열일곱 살들은 인간으로 삶을 산다기보다는 로봇으로 산다고 하는 게 맞으니까.

"그 정도인가?"

그 애가 이마를 살짝 찌푸렸다.

"그 정도야."

나는 살짝 한숨을 쉬었다. 정원은 공감하는 분위기가 아니었다. 같은 지구라고 해도 우리는 서로 다른 세계에 살고 있었으니까. 행운의 소년과 불운의 소녀가 사는 세계. 나는 그 차이를 하루하루 더 크게 깨달아 갔다. 나는 그 애와 어울리지 않았다. 오늘 더욱 그 사실이 크게 다가왔다. 스모그 낀 겨울 오후같이 음침하게 얼어 있는 나의 세계. 봄날 아침에 어린아이가 날리는 비눗방울같이 눈부시고 현란한 그의 세계.

"이 그림 어때?"

순식간이었다. 정원은 한 뼘 따위는 훌쩍 뛰어 한 번에 다가붙었다. 아까보다 오히려 더 밀착된 상황이었다. 팔과 허리로 그 애의 체온이 전해졌다. 나는 어느 때보다도 몸이 굳었다.

"나 말고 이걸 보라니까?"

휴대전화를 들어 보이는 손 뒤로 놀리는 눈빛이 이글거리고 있었다. 나는 휴대전화 쪽으로 고개를 돌렸다.

처음에는 뭔지 알 수 없었다. 화면을 가득 채운 하얗게 빛나는 울퉁불퉁한 생명체가 금세 아아 소리를 낼 것 같았다. 무섭기도 하고 황홀하기도 했다. 달이었다. 그런 식으로 그린 달은 처음 봤다. 곧 휴대전화 화면을 뚫고 나에게 달려들 것만 같았다.

"이건 확대한 거고 이게 전체 그림이야."

창백하고 조용한 아름다움을 가진 달이 생명력 넘치는 초록 지구를 그윽하게 내려다보는 그림이었다.

"이 그림 제목이 달의 정원이야. 우린 천생연분이 아닐까?"

그 애가 말했다. 들어 본 적 있었다. 달의 정원이란 원래 달빛 아래서 즐길 수 있게 조경한 정원을 말한다. 햇빛 아래서 보는 정원과는 다른 면모가 드러난다. 어둠 속에서 달빛이 부드럽게 비치면 정원의 꽃들이 신비롭게 반짝인다. 낮에는 도도하게 붉기만 했던 장미가 때로는 보라색으로 때로는 청록색으로 빛난다. 낮에는 얘기하지 못한 수많은 색깔로 비밀스러운 상처들을 터놓는다.

하지만 그 애가 보여 준 달의 정원은 조금 달랐다. 검은 우주 공간 속에 떠 있는 푸른 지구와 흰 달이었다. 그러고 보니 우주 공간에서 바라보면 지구 전체가 달의 정원이었다. 밤이 되면 저렇게 지구의 한쪽이 모두 달의 정원이 되는 거였다. 아름다운 그림이었다.

"……다른 그림도 보여 줄게."

내 미소를 보고 마주 웃던 정원이 다음 그림을 넘겼다.

그림을 보고 나도 모르게 소름이 돋았다. 그럴 수밖에 없었다. 방금 전의 하얗고 둥근 달이 아니라 이 빠진 항아리처럼 군데군데 깨진 기괴한 달이 보였기 때문이다. 그 옆으로는 황폐한 갈색 행성도 보였다.

나는 정원의 손에서 휴대전화를 뺏어 왔다. 그리고 오랫동안 그림을 들여다보았다. 그도 더 이상 말을 걸지 않았다. 이런 순간에는 아무 말도 하면 안 된다. 돌아갈 수 없는 곳을 그리워하는 순간.

황폐한 행성의 이름은 라트레티. 우리가 태어난 고향이었다. 절대 입으로 소리 내어 말하면 안 되는 나와 그의 비밀. 우리의 비밀. 우리는 외계인이라는 거.

갑자기 버스 안이 시끄러워졌다. 누군가가 재미있는 농담을 하자 공중에서 과자 봉지와 사탕이 날아다니기 시작했다. 아이들은 하나의 생명체가 되어 버린 듯 흥청거렸다. 본능적으로 어깨가 움츠러들었다. 모든 사람이 이성적으로 행동하는 라트레티에서는 없는 낯선 상황이었고 다른 행성에 있다는 것이 실감 나는 순간들 중 하나이기도 했다. 이런 반응을 하는 나를 이해하는 건 지구에서 단 한 명뿐이다.

차가워진 내 손을 정원이 잡아 주었다. 나는 손을 뺄 수 없었다. 어느새 우리는 술래를 피해 옷장에 숨은 아이들처럼 조용히 손을 잡은 채 숨죽이고 있었다. 우리 반 아이들은 상상이라도 해 본 적 있을까? 우리 둘에게는 지구에 사는 칠십억 명이 모두 낯선 외계인이라는 걸.

나도 외계인이 될 줄은 상상도 못 했다. 그런데 외계인이 되는 건 생각보다 쉬운 일이었다. 지금이라도 지구인들이 우리 행성에 오면 그들은 외계인일 뿐이다. 하지만 우리 행성에는 오지 않는 게 좋을 거다. 라트레티는 더 이상 생명체가 살 만한 곳이 아니니까.

살아가려면 어떻게든 지구에서 적응해야 했다. 눈을 감고 귀를 막고 감정은 얼어 있는 채로. 그걸 적응이라고 부를 수 있다면 나는 완벽히 익숙해졌다. 어쩌면 정원의 따스함에도 점점 익숙해지고 있는지 모르겠다고 생각하는 순간 송곳으로 폐부를 찌르는 듯한 아픔이 느껴졌다. 그 애한테는 아직 다른 행성으로 떠날 수 있는 수십 개의 텔레포트 권이 남아 있다는 사실이 떠올랐다. 이 따스함은 언제든 끝날 수 있었다. 엄마, 아빠가 순식간에 사라진 것처럼.

"이제 그만 놓아 줘."

나는 속삭였다. 다급하게 손을 빼내다가 그 애 목을 정통으로 쳤다. 정원이 기절한 듯 몸을 기댔다. 정작 기절할 뻔한 건 나였다. 손에 땀이 차고 공포가 몰려왔다.

"괜찮아?"

나는 어쩔 줄 몰라서 정원을 살폈다.

"안 괜찮아."

정원은 기침까지 했다. 그러더니 곧 멀쩡하게 몸을 세우고 웃어 보였다.

"방금 전에 너 완전 들켰어. 은달이 한정원을 걱정해서 죽을 뻔한 거 다 읽혔거든."

그 애가 내 귀에 속삭였다. 그리고 아무 일도 없었다는 듯 장난치는 그 애 모습을 보자 왠지 화가 났다. 나는 창밖으로 고개를 돌렸다.

"화내지 마. 여기가 라트레티라면 그냥 창문 열고 날아갈 기세네. 그러면 나도 같이……."

갑자기 정원이 말을 그쳤다. 그 애 볼이 약간 상기된 것 같았다. 나도 당황하기는 마찬가지였다. 그 애가 무슨 말을 하려다가 말았는지 알았기 때문이었다. 플뢰르. 라트레티에서는 보름달이 뜨는 날이면 하늘에 떠다니는 모든 공중 교통이 멈추고 사람들이 텅 빈 하늘을 날았다. 지구보다 중력이 약해서 가능한 일이었다. 연인들은 사람들이 없는 높은 곳까지 날아

올라가 떠 있곤 했다. 그들이 달을 가리며 키스하는 걸 플뢰르라고 불렀는데 소녀들이라면 누구나 꿈꾸는 일이었다. 한번 그렇게 플뢰르를 하게 되면 둘은 정식으로 연인이 되기 때문에 프로포즈나 마찬가지였다. 지구에서 소녀들이 아름다운 결혼식을 꿈꾸듯 라트레티 소녀들은 멋진 플뢰르를 꿈꿨다.

"부탁이야. 라트레티 얘기도 하기 싫고 너랑은 아무 말도 하기 싫어."

말해 놓고 아차 싶었다. 사실이 아니었다. 난 왜 이 모양인지 항상 방어가 지나치다.

"그 거짓말 너무 진짜같이 말하지는 마. 네가 고향을 잊을 수 없다는 거 누구보다 잘 아니까."

정원은 라트레티를 상징하는 펜던트가 흔들리는 내 목을 보며 말했다. 나는 안도의 숨을 쉴 뻔했다. 다행히도 그는 내 말을 크게 오해하지는 않은 모양이었다.

"하지만 알겠어. 내가 부담된다면 이제부터는 널 그만 괴롭힐게."

그렇게 말하더니 정원은 입을 다물었다. 잠깐. 이게 무슨 상황이지? 나는 그 애를 보았다. 무표정이었다. 무슨 생각을 하는지 아무 감정도 읽을 수 없었다. 그러고 보니 정원은 연기자였다. 나 같은 아마추어가 아닌 전문 배우.

어느 날 음악실에서 그 애가 나에게 한 말이 떠올랐다.

"너, 나랑 사귈래?"

정원은 마치 물 마실래? 하는 것처럼 자연스럽게 말했지만 절박함이 깃들어 있었다. 내가 대답하지 않자, 그 애는 가볍게 미소 지었다. 방금 전에 한 말이 장난인 것처럼. 사귀자는 말도 그만하겠다는 말도 너무 간단한 그였다.

그 이후로 우리 집 앞에 도착할 때까지 우리는 아무 말도 없었다. 버스에서 내려 뒤돌아봤지만 정원은 창밖을 내다보지도 않았다. 나는 그냥 앞만 보고 달려갔다. 심장이 점점 크게 뛰었다.

내일, 학교에 가면 정원은 이미 없어졌을까. 그러면 그와는 영영 이별이다. 다른 도시로 이사 간 것도 아니고 다른 나라로 간 것도 아니고 다른 행성으로 간 걸 테니까. 그럼 어쩌지. 다리에 힘이 풀려서 아파트 앞 벤치에 앉았다. 바람이 찼다. 하늘을 보았다. 그 애는 이제 하늘 위의 수많은 별들 중 하나에 있는 걸까. 나는 언제나 닿을 수 없는 것을 그리워해 왔다. 내 고향 라트레티, 돌아가신 부모님. 그 애가 하늘 위의 다른 별에 있다면 손을 뻗어 한번 닿아 보고 싶었다. 정원이 따스했다는 것을 마지막으로 느껴 보고 싶었다.

나는 자리에서 일어났다. 그리고 달리기 시작했다.

맙소사. 오늘, 그의 사랑은 끝났는데 내 사랑은 이제야 시작된 것 같다.

정원의 이야기

내가 처음 사랑에 빠진 날을 기억한다.

그날 난 피아노를 치고 있었다. 정말 대단했다. 라트레티인이란 게 행복한 순간이었다. 고도로 진화되어 있어서 운전이든 언어든 피아노든 순식간에 배우니까. 내 손가락이 건반 위에서 춤을 추었다. 햇살이 느린 오후. 벽이 온통 하얀 연습실. 햇살에 먼지가 피어오르는 사이로 피아노 선율이 울렸다. 나와 닮은 구석이 있는 음색이었다.

행성과 행성을 헤매는 삶. 가족도 없는 삶. 의미 없이 텅 빈 삶의 호수에 조약돌을 던지듯 하나, 둘, 셋, 넷, 건반을 두드렸다. 언제부터인가 내 연주에 첼로 소리가 뒤따라오고 있다는 것을 깨달았다.

내 고음의 물음에 답해 주는 저음의 메아리였다. 난 연주를 멈추고 소리가 나는 곳을 향해 돌아보았다. 긴 머리칼이 드리운 창백한 흰 얼굴. 은달이었다. 나와 같은 라트레티인. 하지만 그녀를 처음 본 느낌이었다. 나는 곧 내가 왜 그렇게 느꼈는지 깨달았다. 그 애는 항상 내 시선을 피했기 때문이다.

피아노 소리가 멈췄지만 은달은 활을 쥔 팔을 계속 움직였다. 좌우로, 위아래로. 연주 사이사이로 종종 무심히 나를 향해 뻗어 오는 검은 눈. 내가 알던 그녀의 눈빛이 아니었다. 우울하게 고개를 숙이고 다니던 애였다. 그래서 그 애를 보면 황량한 라트레티 행성이 떠올라서 나도 모르게 시선을 피하곤 했다. 그런데 그날의 은달은 달랐다. 그녀의 시선에 마음이 흔들리기 시작했다.

나쁜 징조였다. 텔레포터들은 절대 사랑에 빠져서 정착하면 안 된다고 텔레포트 관리자는 당부했었다. 지구에 정착하면 돌아가신 부모님들이 내게 물려주신 백 번의 텔레포트 기회를 반도 못 쓰고 날리는 셈이었다. 많은 라트레티인은 나를 부러워했다. 다른 행성에서 텔레포트해서 스무 번이나 새로운 삶을 시작해 봤으니까. 하지만 정작 나는 새 인생을 사는 게 너무 쉬운 일이라 진정으로 살아 있다는 걸 한 번도 제대로 느껴 본 적이 없었다. 그런데 생생하게 삶이 느껴지기 시작했다. 음악을 열정적으로 연주하는 은달의 눈빛은 강렬하게 살아 있어서 나야말로 그동안 열정이 죽어 있던 게 아닌가 비교될 정도였다. 죽은 내 내부가 다시 부활하는 기분이었다. 햇살이 이렇게 눈 시리게 밝았는지, 내 맥박이 이렇게 생동감 있게 뛰고 있었는지 몰랐다. 난 처음으로 사랑하는 사람을 만났다는 것을 알았다. 그러자 다음 순간 나도 모르게 말을 걸고 있었다.

"나랑 사귈래?"

아차 싶었다. 친하게 지내자 정도면 됐는데 갑자기 무슨 말인가 싶었다. 바보가 된 느낌이었다.

원래는 지구를 떠날 생각이었다. 사생활이라고는 없는 연예계 생활과 학교생활을 병행하는 게 생각보다 쉽지 않았다. 다만 며칠이라도 그 애와 행복한 추억을 만들면 되지 않을까 하는 생각을 하고 있는데 갑자기 창밖이 어두워졌다.

비가 퍼부었다. 은달은 첼로를 옆에 밀어 놓고 일어나서 말없이 창가로 다가가 창문을 닫았다. 그 애의 흰 교복 블라우스 소맷자락과 손목으로 빗물이 튀었다. 달이 나를 향해 돌아서자 그 애 뒤로 빗방울들이 미친 듯이 유리창을 두들겨 댔다. 지구가 멸망하기라도 할 듯 천둥이 내리쳤다. 달은 불안한 표정으로 나를 올려다보았다.

그 순간, 나는 떠날 수 없다는 걸 깨달았다. 왜냐하면 저 표정을 영원히 잊을 수 없을 테니까. 어디를 가든 따라올 거였다. 창백하고 위태로운 은달은 정말 라트레티의 달을 닮았다.

십칠 년 전이었다. 혜성의 충돌로 라트레티의 달이 깨져 버렸다. 그런데 그게 무슨 큰일이냐고? 지구인들의 과학으로는 아직 설명하지 못하지만 조수 간만과 생명체 속의 물에 미치는 달의 영향력은 대단하다. 달이 특정한 위치와 크기로 있어야 행성에는 생명체가 생길 수 있었다. 수십억 분의 일의 확률로 생기는 일이다. 생명체가 있는 행성은 모두 달과 한 쌍인 셈이었다.

달이 깨지자 라트레티의 동식물들이 죽어 가기 시작했다. 해수면이 급작스럽게 상승해 홍수와 쓰나미 같은 이상 현상이 벌어졌고, 그 과정에서 나는 가족을 잃었다. 달을 재건하자는 움직임도 있었지만 많은 라트레티인이 고향 행성을 버리고 다른 행성으로 텔레포트해서 사는 손쉬운 방법을 택했다.

라트레티를 떠나온 것을 난 아직도 후회하고 있다. 텔레포트를 사용하면 무작위로 다른 행성으로 이동하기 때문에 수백만 개의 행성 중 하나인 라트레티로 다시 돌아가기란 힘들었다. 마지막 행성에서 더 이상 사용할 텔레포트가 없을 때만이 다시 고향으로 돌아갈 수 있다. 그러나 전 재산이나 다름없는 텔레포트 기회를 쉽게 버릴 순 없었다. 처음부터 라트레티에 남아 달 재건을 도왔어야 했다. 깨진 달을 두고 황폐해가는 라트레티의 모습이 계속 눈에 밟혔다.

그런데 이곳 지구에서 나는 나의 달을 찾았다. 주위 사람들에게 마음을 닫고 상처받은 은달은 내게 라트레티의 깨진 달과 같았다. 이번에는 절대 그냥 두고 떠나지 않을 거라고 생각했다.

하지만 아무리 달에게 다가가려고 노력해도 소용이 없었다. 그래도 오늘은 내 생일이자 지구에서는 밸런타인데이라는 날이었고 뭔가 달라질 줄 알았는데 말이다. 내 생각은 또 틀렸다.

스쿨버스에서 내린 나는 집으로 가지 않고 계속 걸었다. 뭔가 특단의 대책이 필요하다. 물론 방금 전에 달에게는 더 이상 괴롭히지 않겠다고 했지만 말이다. 설마 그 애가 그 말을 믿은 건 아니겠지?

나는 벌떡 일어나 은달네 집 쪽으로 뛰어갔다. 아니라고 말해야겠어. 아무 말이라도 좋으니까 그냥 달의 목소리를 들었으면 좋겠다는 생각이 들었다.

그때였다. 모든 일은 거짓말같이 일어났다. 은달의 집까지 삼십 분 정도 걸리는 길에는 교통 정체가 약간 있는 것 빼고는 아무런 위험이 없었다. 당연히 그래야만 했다. 일이 생길 수가 없는 구역이었다.

그런데 순식간에 대형 크레인이 근처 버스로 내려앉나 싶더니 세상이 내려앉는 소리가 들렸다. 천둥소리 같기도 했다. 나는 피했지만 그게 끝이 아니었다. 버스와 충돌한 오토바이가 내 쪽으로 날아왔다. 쿵. 바닥에 쓰러져서 꼼짝도 할 수 없는 채 모든 게 끝났나 하는 순간 끔찍한 침묵이 흐르더니 주위에서 조금씩 소리가 들리기 시작했다.

버스 안은 사람들의 고함 소리로 가득했다. 반파가 된 버스 안에서는 신음 소리들이 흘러나왔다. 대형 사고라는 건 절대로 익숙해지지 않는 법이다. 시간은 천천히 흐르고 비명은 길다. 부러진 팔다리들은 부르르 떨고 있고 핏물은 언제나 내 쪽으로 흘러내리는 것 같다. 다만 이번에는 내 피였다.

우연이 운명을 만드는 일이 있다. 삶과 죽음이 갈리는 우연. 라트레티에서 몰아쳤던 쓰나미에서 살아남은 게 엄마와 아빠가 아니라 나였던 것도 우연에 불과했다. 그들은 죽었고 나는 살았다.

이렇게 몸이 부서지는 듯한 아픔을 겪는 우연이 은달을 향하지 않고 나를 향해 다행이었다. 멀리 보이는 그 애가 만약 나보다 일 분이라도 먼저 도착했다면 사고를 당했을지도 모르니까.

달이 나를 만나러 왔을 거라는 생각에 기뻐할 새도 없이 그만 눈이 감겨 버렸다.

달의 이야기

그 애와 처음 만난 순간이 떠올랐다.

"쟤가 은달이래."

전학 온 첫날 운동장을 건너가는데 주위 아이들이 수군거렸다. 놀라울 것도 없었다. '여기에도 이미 소문이 퍼졌구나.' 하고 시큰둥하게 생각했을 뿐이다. 전 학교에서도 나는 비극적으로 부모가 죽은 얼음 공주로 알려져 있었다. 마침 그때 회오리바람이 불어서 벚꽃잎들이 눈앞을 가리지 않았다면, 내 발밑에 굴러온 농구공에 발이 걸려 넘어질 뻔하지 않았다면, 난 그대로 집으로 돌아갔을지도 모른다. 그러면 이 모든 일이 일어나지도 않았을 테지.

그때를 생각하면 시계가 똑딱이는 소리가 들리는 느낌이다. 하나의 우연이 시계 속 톱니바퀴처럼 다른 우연과 맞물려 들면서 운명을 만들어 가는 순간.

내 발밑에 굴러온 공을 보고 있는데 누군가 소리쳤다.

"부탁이야. 좀 주워 줘."

키 큰 소년이 농구대 밑에 서 있었다. 그 애는 깁스를 한 자신의 오른발을 손가락으로 가리키며 소리쳤다. 그 애의 환한 미소가 놀라운 건지 다리에 깁스를 한 채로 굳이 농구를 하는 무모함이 더 놀라운 건지 알 수 없는 순간이었다.

정원은 환한 미소를 짓고 있었다. CF 광고 같은 미소. 나랑은 상관없이 터무니없이 눈부신 환함. 그 순간 따스한 씨앗이 가슴속에서 기지개를 켜는 기분이 들었다. 그 따스함이 온몸에 퍼져서 안심되는 기분. 내 세포가 모두 채워지는 느낌. 오래전에 잃어버렸지만 잃어버린 줄도 모른 소중한 물건을 되찾은 기분. 그러나 그걸 다시 잃어버리게 되리라는 예감. 단지 그 시간이 예상보다 빨리 온 것뿐이다.

햇살 같았던 그 애는 어디에 있더라도 빛날 것이다. 그가 떠나더라도 내 마음속에서도 언제나 빛나겠지. 그래도 마지막 인사는 하고 싶었다. 그 애를 찾아가는 내 발걸음은 점점 빨라졌다.

마침내 그 애가 사는 주택 단지 어귀에 다다랐을 무렵이었다. 나는 길에 쓰러진 정원을 발견하고 뛰어갔다. 그 애는 정신을 잃어 가는 게 분명했다. 나를 보더니 웃어 보였기 때문이다. 이렇게 되면 이젠 정말 끝이었다. 그는 지구를, 그리고 이제 나를 떠날 수밖에 없다. 몸을 크게 다치는 경우에는 어쩔 수 없이 텔레포트를 해야 한다. 다른 행성으로 이동하는

54

동안 자가 치유가 가능하기 때문이다.

정원은 즉시 병원에 실려 갔고, 나는 사고 현장에 남아 멍하니 휴대전화를 만지작거렸다. 그가 정말로 사라졌다는 게 실감이 나지 않았다.

온라인상에는 아직도 정원의 흔적이 있었다. 카톡 프로필에는 아직도 '농구부 파이팅!'이라는 메시지가 남아 있었다.

'내일은 옆자리에 누구도 앉히면 안 돼.'

정원으로부터 온 메시지는 대화창에 그대로였다.

사고 소식에 정원의 페이스북 페이지에는 수만 개의 격려 댓글이 달렸다. 그렇다면 정원은 아직 텔레포트하지 않은 거다. 어째서? 그 답은 알 수 없었다. 정원을 만나러 병원으로 달려갔다.

그가 다친 지 두어 시간도 되지 않았는데 병실 앞에는 팬들이 이미 꽃들과 인형들을 놓고 갔다. 무엇보다 초콜릿이 가장 많았다. 하트 모양의 상자며 레이스 달린 분홍 코끼리 초콜릿 등 종류도 다양했다. 앞으로 평생 초콜릿 따위 못 먹을 것 같았다.

'그따위 초콜릿. 그따위 초콜릿.'

내 피를 정원에게 수혈하면서도 나는 속으로 말했다. 그냥 모른 척하고 초콜릿 하나 던져 줄걸. 세상에서 제일 큰 거로.

정원의 이야기

"왜 텔레포트하지 않았어? 위험할 뻔했잖아. 자칫하면."

은달의 말투는 화가 나 있었지만 큰 눈에는 곧이라도 눈물이 차오를 것 같았다. 그 애는 지금 화가 난 게 아니라 매우 슬프다. 내가 그 애의 감정을 읽는 방법이다.

"넌 나의 달이잖아."

은달은 나에게 하나뿐인 달이었다. 수십억 분의 일의 확률로 우연히 나타나서 행성에 생명력을 주는 그런 운명적인 달. 달의 눈동자가 미세하게 흔들리는 것으로 보아 내 말이 어떤 의미인지 아는 게 분명했다.

라트레티인들은 고향을 잃었다고 생각했지만 사실은 더 큰 것을 잃었다. 행성을 버리고 다른 행성을 전전하며 사는 삶을 택한 뒤에 나는 마음도 황폐해지고 있다는 것을 알았다.

행성을 옮겨 다니는 삶은 비슷하게 느껴졌다. 더 힘든 시간이 있었고 더 즐거운 시간이 있을 뿐. 모든 행성에서의 삶은 다 비슷했다. 사람들도 마찬가지였다. 모두 다른 사람들이었지만 같은 사람으로 느껴졌다. 어디든 갈 수 있으니 어떤 곳이든 정을 붙일 수 없었다. 그러므로 그 수많은 사람 중 특별한 사람으로 각인되는 일은 매우 드문 일이었다.

그렇게 깨달았다. 내가 사랑하는 곳은 라트레티라는 걸. 그 행성에서 태어난 것이 우연일 수는 있겠지만 그곳을 아끼는 마음은 운명이었다. 누구든 자신이 태어난 행성을 보살피고 사랑하게 될 운명을 타고났다는 걸 여러 행성을 떠돌아다니며 깨달았다.

우리가 지구에서 다시 만난 것도 라트레티가 달을 만난 수십억 분의 일의 우연 정도였다. 라트레티의 인구는 오억 명이었는데 그들 대부분이 온 우주에 흩어졌다. 생명체가 살 수 있는 행성은 수백만 개. 그중에 한 행성에서 만날 수 있다는 게 얼마나 기적 같은 일인지. 같은 곳에서 같은 공기를 마시는 일이 얼마나 기적인지. 너무나 우연하게도 '우리'가 시작됐다. 그리고 운명도 시작됐다. 내 마음속 황폐해져 가는 정원이 창백한 달빛 같은 그 애의 마음과 만나 아름다운 달의 정원으로 되살아날 운명.

"너에게 꼭 하고 싶은 말이 있어."

내 목소리가 조금 떨렸다.

"뭔데?"

"라트레티로 돌아가자. 달을 재건하는 걸 돕고 언젠가 너랑도 그러니까 난, 네가……."

그 애가 나의 말을 가로막았다. 달의 입술에서는 사과 사탕 맛이 났다. 주위가 조용해졌다. 분명히 땅에 발을 붙이고 있었는데 이 순간만큼은 지구상의 사람들을 뒤로하고 구름 위로 날아오른 느낌이었다. 지구에서의 플뢰르랄까. 약간 어지럽고 묘하게도 기분 좋은.

마치 온 지구에 단둘이 남은 듯한 느낌. 정말로 그렇게 지구는 우리 두 사람만으로 가득 차 버렸다.

　우리 이야기는 여기서 끝내도 좋을 것 같다. 상처받은 달이 낫고 황폐해진 정원이 다시 살아나는 순간. 나의 달이 저렇게 미소를 짓는 순간에서.

윤여경 ◇ 우주에서 보면 지구는 얼마나 아름다운 푸른 정원인지요. 지난 수십억 년 동안 지구와 함께한 달의 인력이 없었다면 지구의 생명들은 지금처럼 아름답게 꽃을 피울 수 있었을까요. 달을 이용한 뒤 버리기만 하는 행동의 결과가 행성의 폐망으로 이어진 것을 경험한 은달과 정원은 서로를 보살피며 꽃피우는 운명적 사랑을 합니다. 혼자인 사람은 없습니다. 우리는 모두 서로에게 달과 정원입니다.

뚜껑 너머

박효명

"대홍수 3호. 대홍수 3호 발령."

스피커에서 쉴 새 없이 기계음이 흘러나왔다. 덕분에 건물 밖도 기숙사 안처럼 시끄러웠다. 그 소란 속에서도 ᆓ-2번은 내내 손가락을 꼽으며 중얼거렸다.

"햇담 천 병이면 얼마야? 한 병이 우리 한 달 급여 정도니까. 웬일이니! 3번 갠 간도 크다."

햇살 담은 유리병인 '햇담'은 내가 몸담고 있는 '써니힐'에서 가장 잘 팔리는 제품이었다. 동시에 지하 연합국 최고 인기 상품이기도 했다. 특수 설계된 금속관 끝에 유리병을 고정해 놓으면 유리병 안에 햇살이 담기는데, 이것이 바로 햇담이었다.

사실 햇살이 유리병 안에 어떻게 담기는지 궁금해하는 사람은 별로 없었다. 이 햇살이 지상에서 끌어오는 '진짜 햇빛'이라는 것에 열광할 뿐이었다. 빙하기 때문에 눅눅한 지하에 갇혀

산 지 수백 년. 오전 여섯 시에 뜨는 지하 연합국 인공 해가 전부인 사람들에게 '진짜 햇살'이라는 말보다 달콤한 게 있을까?

"빨리 걸으라고. 이걸 확 그냥."

방장인 K-1번이 주먹을 들어 보였다. 돌연변이 차별주의자인 방장에게 내가 곱게 보일 리 없었다. 나는 색소가 없어 온몸이 새하얗고, 홍채 혈관이 그대로 비쳐 눈만 새빨간 알비노니까. 방장은 나를 병신 새끼라고 불렀다. 기분이 좋으면 알비노 15년산이라고 부르기도 했다. 작년에는 14년산이었고, 내년에는 16년산으로 불릴 것이다.

운동장은 트럭으로 가득했다. 각자 손목에 찬 개인 멀티기부터 내려다보았다.

멀티기는 처음에는 방대한 지식을 저장하는 정보 기기였다. 현재는 많은 기능이 추가되었다. 문자나 음성 메시지 전달은 물론이고 홀로그램 대화도 가능해졌다. 손목에 차고만 있어도 영양 상태라든가 몸 상태가 어떤지까지 알 수 있었다.

개인 멀티기에서 녹색 불빛이 깜빡였다. 우리는 멀티기가 알려 준 대로 18번 트럭으로 갔다. 트럭 앞자리에 앉은 생산 부서 감독관이 레이저 마취총을 하나씩 나누어 주었다. 우리가 짐칸에 올라타자 트럭은 움직이기 시작했다. 트럭이 써니힐 입구에 있는 철문을 지날 때 K-2번이 호들갑을 떨었다.

"세상에! 이 거대한 문을 어떻게 빠져나갔대? 누가 도와준 게 분명하다니까. 웬일이니! 3번이 반지 요원이란 소문이 진짠가 봐."

'반지'는 지하 연합국 비리를 낱낱이 밝혀 국민들에게 알리는 것이 목표인 단체다. ℤ-3번이 정말 그곳과 연관이 있는 걸까?

"4번 이놈한테서 구린내가 나."

방장이 내 얼굴에 코를 들이밀더니 킁킁 소리까지 냈다.

"방장 형도 참. 막내가 알면 가만있겠어? 포상금이 얼만데."

ℤ-2번은 붉은 머리카락을 리본 끈으로 묶어 올리며 말했다.

일 년 치 급여와 맞먹는 포상금을 탐내지 않는 사람이 있을까? 하지만 나는 다른 것에 더 관심이 있었다. 그건 바로 계급을 두 단계나 올려 준다는 것이었다.

내 목표는 '써니힐 관리자'이고, 관리자는 노동자 1급만이 될 수 있었다. 노동자 5급인 내가 1급으로 올라가려면 몇 년이 걸릴지 알 수 없었다. 계급 승진은 시간이 지난다고 저절로 되는 게 아니었다. 입사 연차에 따라 승진의 기회는 있지만 회사에 특정한 이익을 준 사람만이 승진을 할 수 있었다. 능력으로만 사람을 평가하는 써니힐다운 방침이었다.

계급 승진이 결코 쉬운 일은 아니었다. 그렇다고 관리자 자리를 포기할 수는 없었다. 능력만 있으면 어떤 돌연변이라도 최고 계급까지 올라갈 수 있고, 관리자도 될 수 있는 곳. 그곳이 바로 써니힐 아니던가!

관리자만 되면 누구도 나를 돌연변이라고 얕잡아 보거나

업신여기지 못할 것이다. 그때까지는 누가 뭐라고 하든 있는 듯 없는 듯 조용히 지내며 기회를 엿볼 생각이었다. 그리고 드디어 그 기회가 온 것이다.

삼십 분쯤 지나 트럭이 멈춰 섰다. 감독관은 고개를 돌려 우리를 한번 쓱 쳐다보고는 내리라는 손짓을 했다. 우리가 바닥에 내려서자 감독관이 입을 열었다.

"오늘 수색할 곳은 오르플랑 지역이다. 너희 담당은 3번이 자란 보육원이다. 나는 다른 트럭과 함께 광장으로 간다. 오후 네 시에 이 자리에서 다시 만날 것. 수색 작전 시작."

감독관이 말을 마치자 트럭은 흙먼지를 일으키며 멀어졌다.

"고향에 와서 좋으시겠어. 앞장서, 새꺄."

방장이 내 얼굴에 마취총 부리를 겨눴다. 나는 총부리를 못 본 척하고는 앞으로 성큼성큼 걸어갔다.

"어서들 와요. 연락받고 기다리고 있었어요."

회색 콘크리트 건물 앞에 서 있던 보육원 사장님이 우리를 맞았다. 기름이 좔좔 흐르는 얼굴, 전보다 더 불룩해진 아랫배. 보육원 사업은 여전히 잘되는 모양이었다.

보육원은 써니힐과 성격은 다르지만 일종의 사업체였다. 써니힐은 제품을 팔아 돈을 버는 일반 기업이었다. 보육원은 공공 기업으로 주된 수입원이 보조금과 수수료였다. 보조금은 나라에서 주는 돈으로 보육원생 한 명당 금액이 정해져 있었다. 수수료는 보육원 출신 아이를 고용한 회사에서 매달 지급

해야 했다. 아이가 만 16세가 될 때까지 말이다.

방장은 건물을 한 층씩 맡아 수색하라고 명령했다. 방장이 1층, ㅈ-2번은 2층, 나는 3층을 맡았다. 내가 3층인 이유는 뻔하다. 가장 높은 층으로 보내면 조금이라도 더 고생할 거라고 생각했겠지. 하지만 어쩐다? 3층에는 사장실과 사무실, 손님 접견실뿐인데.

대충 찾는 시늉이나 하기로 했다. 가장 먼저 찾으러 올 게 뻔한 보육원에 ㅈ-3번이 있을 리 없었다. 그가 있을 만한 진짜 아지트를 찾아야 한다. 조용히 책을 읽고 싶은 꼬마와 아무도 놀아 주지 않는 알비노 꼬마가 정한, 아무도 가지 않는 지하 연합국 북쪽에 있는 그런 아지트를 말이다.

복도를 어슬렁거리다 사장실로 들어갔다. 사장실은 내가 보육원에서 지내던 때와 똑같아 보였다. 21세기 복고풍을 사랑하는 사장님의 취향은 변하지 않은 듯했다. 손때 묻은 앉은뱅이 탁자, 낡은 소파, 색 바랜 카펫, 그리고 페인트칠이 다 벗겨진 방문 하나. 이 안도 그대로일까? 숨을 들이마시고는 문손잡이를 돌렸다.

창고 방은 여전했다. 정보도 한정적이고 자리만 차지하는 골칫거리 책들이 가득한 것이. 빙하기가 오고는 아무도 글을 쓰지 않았을뿐더러 빙하기 이전에 나온 책은 읽을 필요도 없었다. 멀티기에 상상도 할 수 없을 만큼 방대한 지식과 정보를 저장할 수 있으니까. 그럼에도 보육원 사장님과 ㅈ-3번은 끊임없이 책을 읽었다.

책장 앞에 서자 기억 하나가 떠올랐다. 멀티기는 검색 단추를 누르기 전에는 어떤 정보도 볼 수 없지만, 기억이란 놈은 내가 끄집어내기도 전에 멋대로 튀어나올 때가 있다. 바로 지금처럼.

"그거 알아? 책에는 답이 숨어 있어. 책을 읽는 사람만 찾을 수 있는 답."

X-3번은 늘 수수께끼 같은 말만 했고, 나는 무슨 말인지도 모르면서 고개를 끄덕였다. 지금 생각해도 우습다. 가난하고, 아무것도 가진 것 없는 우리에게 책 속에 숨어 있는 답이 무슨 소용이라고. 그 답을 찾으려는 것조차 사치고, 헛된 꿈일 뿐이었다.

나는 스스로가 못마땅했다. X-3번을 잡을 궁리만 해도 모자랄 시간에 옛 기억에나 젖어 있다니. 책이 문제였다. 저것들만 아니었으면 이런 기억이 떠오를 일도 없었을 것이다.

"이까짓 게 다 뭐라고."

책장에 가지런히 꽂혀 있는 책들을 바닥으로 내던졌다.

"답을 찾으러 온 줄 알았더니 아닌가 보네."

책들이 사라져 휑한 책장 선반 뒤로 X-3번의 얼굴이 보였다. 숨이 턱 막혔다.

"진짜 햇빛은 찾았어?"

X-3번은 입꼬리를 올리며 희미하게 웃었다. 진짜 햇빛을

찾고 싶으면 햇담 뚜껑이나 열 것이지 왜 저런 말을 하는지 모르겠다. 실없는 소리나 해 대는 걸 보면 그는 어린 시절이나 지금이나 똑같다. 하지만 나는 아니다. 가난하고, 가진 것 하나 없는 알비노로 평생 살고 싶지는 않으니까. 나는 남들보다 더 높은 곳으로 올라가고 싶다. 그곳에서 나를 비웃은 사람들을 향해 더 차갑게 웃어 줄 것이다.

"자수해."

X-3번을 외면한 채 딱 한 마디만 했다. 아무도 상대해 주지 않는 돌연변이와 어린 시절을 함께해 준 그에게 할 수 있는 마지막 배려였다.

그는 아무런 대꾸도 하지 않았다. 책장에서 책을 한 권 뽑아 들고는 천장으로 이어진 사다리에 발을 올릴 뿐이었다. 그가 올라가지 못하게 오른 손목을 꽉 움켜쥐었다. 나는 분명 기회를 주었고, 그걸 무시한 건 X-3번이었다.

이대로 그를 붙잡아 가면 어떻게 될까? 당연히 어마어마한 포상금을 받겠지. 두 단계 특진까지 하면 나는 노동자 3급이 될 것이고, 4급인 방장보다 한 단계 높은 자리에 설 수 있다. 방장에게 명령할 수 있는 자리에 선다고 생각하자 온몸이 짜릿했다.

X-3번은 내 눈을 들여다보며 단호하게 고개를 저었다. 그 순간, 나는 어린 시절로 돌아가 버렸다. X-3번을 형이라고 부르며 졸졸 따라다니고, 그가 하는 말은 모두 옳다고 믿던 어

린 알비노로 말이다. 그를 향해 고개를 흔들었다. 멈춰. 더는 안 돼. 그들이 가만두지 않을 거야. 지금이라도 나랑 같이 가.

"눈에 보이는 게 전부는 아냐. 뚜껑 너머를 찾아. 알았지?"

Ж-3번은 내 손을 부드럽게 뿌리치고는 사다리를 오르기 시작했다. 머릿속은 그를 잡아야 한다는 생각으로 가득한데, 몸은 그 자리에 딱 붙어 서서 움직일 줄을 몰랐다.

지붕에서 프로펠러 돌아가는 소리가 나자마자 경보기가 울리기 시작했다. 프로펠러 소리가 멀어질 때쯤 방장과 Ж-2번이 창고 방으로 뛰어들었다.

"이 새끼, 네가 3번 빼돌렸지!"

방장이 내 얼굴에 주먹을 날렸다. Ж-2번은 내 코에서 흐르는 피를 보고는 꺅꺅 소리를 질러 댔다. 보육원 사장님이 올 때까지 방장은 나를 때리고, 또 때렸다. 그때까지도 경보기의 시끄러운 경고음은 멈추지 않고 있었다.

◇◇◇

오르플랑 지역에서 일어난 일 때문에 수색 작전에서 제외된 지 사흘째였다. 수색에 참여하지 않는 노동자는 평소대로 제 할 일을 했다. 나 역시 특수 설계된 금속관 끝에 유리병을 고정하는 일에서 자유로울 수 없었지만 일이 손에 잡히지가 않았다.

내가 ж-3번을 끝까지 잡고 있었으면 어떻게 됐을까? 그를 가게 놔둔 게 잘한 일일까? 뚜껑 너머라는 건 뭘까? 도대체 왜 햇담을 훔친 걸까? 머릿속에서 의문이 꼬리에 꼬리를 물어 영원히 끝나지 않을 것만 같았다.

오후 다섯 시. 언제나처럼 인공 해가 지기 두 시간 전에 일은 모두 끝이 났다. 기숙사 방에 발을 들여놓기가 무섭게 누군가 내 멱살을 움켜쥐었다.

"이 병신 새끼야! 3번 어디에다 숨겼어? 말 안 해?"

방장이었다. 내가 아무리 웅크리고 있어도 누군가는 나를 찾아내 밟아 버릴 생각뿐이라면 있는 듯 없는 듯 숨죽여 사는 게 다 무슨 소용일까? 알비노라는 이유만으로 당하는 모든 것에 진절머리가 났다.

"아 씨. 내가 알면 이러고 있을 것 같아?"

나는 방장의 손을 세차게 밀쳐 냈다. 잠시 주춤하던 방장이 주먹을 날려 나를 쓰러뜨리고는 내 배 위에 올라탔다. 방장의 주먹이 내 얼굴에 사정없이 내리꽂혔다.

"요즘 수색이다 뭐다 같이 좀 했다고 깜빡하신 것 같은데요. 넌 예나 지금이나 병신 알비노 새끼일 뿐이란 걸 명심하세요."

방장은 누런 이 사이로 침을 찍 뱉어 냈다. 침이 내 볼을 타고 흘러내렸다. 아주 잠깐 '죽기 살기로 방장한테 달려들까?' 생각했다. 하지만 그런다고 달라질 건 없었다. 아무것도. 할 수 있는 거라고는 방장을 밀어내고 밖으로 나가는 일뿐이었다.

경비들이 철문 앞에서 어슬렁거리고 있었다. 나는 철문 옆에 붙은 출입 전용 멀티기에 손목을 갖다 댔다. 출입 멀티기와 내 멀티기 화면에 '병원 이용 외출'이라는 글자가 떴다.

"알비노 새끼도 고개 빳빳하게 들고 다니고. 세상 좋아졌어."

"저것들 지능도 낮지 않아? 어떻게 여기서 일한대?"

"돌연변이 놈들은 무슨 일 저지를 것 같아서 무섭더라니까."

경비들이 시시덕대는 소리와 함께 인공 해가 지기 시작했다. 곧 가로등에 불이 들어오고, 천장에 달린 조명도 켜질 것이다. 하얀 빛이 닿아 내 피부가 더 하얘 보이기 전에 시내를 벗어나고 싶었다. 밤중까지 불을 환하게 밝히고 있는 건 시내 중심가뿐이니까.

빈민촌인 푸어 지역으로 들어섰다. 써니힐에 입사하지 못했으면 나도 여기 살았을 것이다. 하지만 나는 지금 써니힐 직원이고, 관리자가 되어 부와 명예를 누릴 일만 남았다. 그렇게 믿고 싶었다. 그렇게만 된다면 누구도 나를 함부로 대하지 못할 것이다.

푸어 끝에 다다랐다. 돌로 쌓은 높은 담장이 내 앞을 막아섰다. 이 담장 너머엔 암묵적인 통행금지 구역이라고 할 수 있는 이름조차 없는 동네가 있다. '형체를 알아보기 힘든 돌연변이가 대부분이다, 전염병자 소굴이다, 불치병을 앓는 사람들이 모여 산다.' 진짜인지 아닌지 알 수 없는 소문만 무성한 곳이었다.

담장에 뚫린 커다란 구멍이 보였다. 구멍 안을 들여다보았다. 한번 들어가 볼까? 소문이 두렵지 않은 건 아니다. 하지만 방장과 마주하기 싫어서 병원 핑계를 대고 나왔는데 이렇게 빨리 돌아가고 싶지는 않았다. 그렇다고 딱히 갈 곳이 있는 것도 아니었다.

그때 누군가 휙 지나가는 게 보였다. 처음에는 잘못 본 줄 알았는데 다시 봐도 Ж-2번이 확실했다. 어깨까지 내려오는 빨간 머리를 하늘색 리본 머리끈으로 묶은 남자는 흔하지 않으니까.

Ж-2번이 여기에 웬일이지? 나는 손목에 찬 멀티기로 Ж-2번에게 음성 대화를 청했다. 그는 수락하지 않았다. 그가 설정해 놓은 현재 상태는 '기숙사에서 수면 중'이었다. 저기 걸어가는 사람이 Ж-2번이 아니라고? 그럴 리 없었다. 모퉁이를 돌아 사라지는 Ж-2번을 놓칠세라 나는 있는 힘껏 달렸다.

Ж-2번은 가로등 아래 있는 단층 건물로 들어갔다. 당장 쓰러져도 전혀 이상하지 않을 정도로 낡은 건물이었다. 선뜻 따라갈 마음이 들지 않았다. 소문처럼 형체를 알아보기 힘든 돌연변이, 전염병자, 불치병자 들이 바글거리면 어쩐단 말인가. 상상만으로도 오싹했다. 내가 그들을 감당할 수 있을까?

안으로 들어가면 돌이킬 수 없었다. 그게 무엇이든. 하지만 나에게 더 나빠질 상황이라는 것이 있기나 할까? 그리고 알고 싶었다. ㅈ-2번이 멀티기에 현재 상태를 거짓으로 설정하면 서까지 여기 온 이유가 무엇인지.

건물 안은 생각보다 더 어두웠다. 가장 안쪽에 있는 방에서 만 불빛이 새어 나왔다. 말소리가 들리는 것 같아 문에 귀를 바짝 갖다 댔다. 갑자기 방문이 벌컥 열렸다. 문에 기대어 서 있던 나는 차디찬 바닥에 넘어지고 말았다. 누군가 내 종아리를 꾹 눌러 밟으며 말했다.

"찍찍 쥐새끼네. 하얀 쥐야."

나처럼 하얗디하얀 피부를 가진 알비노였다. 눈동자가 보라 색인 것은 나와 달랐지만. 그 옆에 선 ㅈ-2번이 나를 내려다 보며 알 수 없는 웃음을 흘리는 사이, ㅈ-3번이 다가와 나를 일으켰다.

ㅈ-3번이라니! 지금 무슨 일이 벌어지고 있는 건지 짐작조 차 가지 않았다.

"여기서 뭣들 하는 거야?"

하지만 누구 하나 입을 열지 않았다. 방 안을 채우고 있던 불빛이 사그라지는 그때, '뺑' 하고 유리병에서 공기 빠지는 소리가 들리더니 방이 다시 환해졌다. 빛은 탁자 위에 놓인 유리병에서 나오고 있었다. 맙소사! 탁자 위는 물론이고, 탁자 뒤에 있는 벽면까지 켜켜이 쌓인 햇담 병으로 가득했다.

"이게 뭘까? 진짜 햇빛일까? 아닐까?"

ㅈ-3번이 내 코앞에서 햇담 뚜껑을 열었다.

"끝내주네."

유리병에서 나오는 빛에 홀려 나도 모르게 중얼거렸다.

"너 이게 진짜 햇빛이라고 생각하는 건 아니지?"

보라색 눈동자를 가진 알비노가 고개를 뒤로 젖히며 웃었다.

"써니힐이 화학 물질로 장난치는 게 쉬울까? 진짜 햇빛을 유리병에 넣는 게 쉬울까?"

Ж-3번이 햇담 뚜껑을 하나 더 열더니 내 눈앞에서 흔들었다. 또 시작이라고 생각하며 나는 침만 꼴깍 삼켰다.

"어머! 이렇게 쉬운 걸 4번 넌 고민하는 거니?"

Ж-2번이 재미있다는 듯 웃고는 말을 이었다. 믿기 힘든 얘기들이었다. 햇담은 공기에 닿으면 발화하는 '백린'을 이용한 거라고 했다. 백린에 겔온, 커덤트, 놀스펜덱스 따위를 섞은 화학 혼합물이 햇담이라고 했다. 모두 신경계나 호흡기에 치명적인 손상을 줄 수 있는 물질이었다. 햇담이 원료 배합으로 장난질을 친 악성 화학 혼합물이라니!

"이게 과연 진짜 햇빛일까? 그걸 누가 증명할 수 있겠어?"

Ж-3번이 내 눈을 뚫어져라 바라보며 또 다른 햇담 뚜껑을 열었다.

햇담이 한 개만 열려 있을 때는 몰랐는데, 여러 개를 열어 한꺼번에 빛이 쏟아지자 속이 울렁거렸다. 울렁거림이 심해져 토할 것 같다는 생각이 들 때쯤 건물 밖에서 요란한 사이렌 소리가 들렸다. 나를 제외한 셋은 바쁘게 눈빛을 주고받았다.

쿵쾅대는 소리와 함께 방 안으로 사람들이 밀려 들어왔다. 그들은 모두 까만색 헬멧을 쓰고, 손에 레이저 마취총을 들고 있었다.

"역시. 이 새끼 뒤만 밟으면 끝이라니까요. 이 자식도 같이 처넣는 거죠?"

헬멧을 벗어 든 방장이 앞으로 한 발자국 걸어 나왔다. 방장은 얼굴이 뒤틀릴 정도로 환하게 웃고 있었다.

"어머나! 막내랑 내가 여길 어떻게 찾았는데? 감독관님한테 여길 알려 준 것도 나라고. 어디다 숟가락을 얹으려는 거야, 진짜."

㐅-2번은 기가 막히다는 듯 손부채질까지 하며 말했다. 방장 얼굴에서 웃음기가 싹 사라졌다.

"내가 뭘 잘못했다고! 가짜 햇빛을 파는 거야말로 진짜 죄 아니야?"

㐅-3번이 탁자 위로 올라가 소리를 질러 댔다. 탁자 위에 있던 햇담 병들이 바닥으로 떨어지면서 와장창 깨져 버렸다. 아까보다 더 속이 울렁거렸고, 머리는 깨질 듯이 아팠다.

헬멧을 쓴 사람들이 탁자 주위로 우르르 몰려갔다. 두 명이 㐅-3번을 탁자에서 끌어 내리자 다른 사람들도 그에게 달려들었다. 다른 쪽에서는 보라색 눈동자를 가진 알비노가 자기를 잡으려는 사람들 다리를 신나게 걷어차는 중이었다.

㐅-3번이 잡혀가는 것은 당연한 일인지도 모른다. 물건을 훔친 건 사실이니까. 하지만 만에 하나 햇담이 가짜라면 그들이 그에게 벌줄 자격이 있는 걸까? 가짜 햇담을 판 자들은 누군가에게 벌을 받기는 할까?

X-3번을 향해 걸어갔다. 온몸이 떨리고, 다리에 힘이 풀리는 게 느껴졌지만 멈추지 않았다. 곁으로 다가가자 그는 고개를 숙여 내 귀에 입을 갖다 댔다.

"눈에 보이는 게 다가 아니라는 걸 기억해. 뚜껑 너머 진실을 찾아야 돼. 꼭."

찡 소리와 함께 빨간 레이저 불빛이 X-3번 목에 꽂혔다. 그가 힘없이 고꾸라졌다. 잽싸게 뒤를 돌았더니 마취총 부리에 '후' 하고 입김 부는 시늉을 하는 방장이 보였다. 내 안에 있던 불덩이가 정수리를 뚫고 솟구치는 기분이었다. 한 가지 생각만 들었다. 저 자식을 가만두지 않겠다. 나는 방장에게 달려들었다. 아니, 달려들었다고 생각하는 순간 그대로 바닥에 쓰러지고 말았다. 눈앞이 뿌연 탓인지, 다리에 힘이 다 빠져버린 탓인지는 알 수 없었다.

그게 끝이었다. 그 뒤로는 까맣고 깊은, 고요하고 차가운 어둠뿐이었다.

◇◇◇

눈을 떴을 때는 일주일이나 지난 뒤였다. 정신을 차리자마

74

자 써니힐 관리자들이 이것저것 묻는 통에 짜증이 났다. 포상금을 받고 나자 더는 귀찮게 하지 않았다. 약속대로 계급도 두 단계씩 올랐다. ＸＫ-2번은 2급, 나는 3급 노동자가 되었다.

"이걸 다 받아도 되나 모르겠다."

나는 혼잣말처럼 중얼거렸다. 고대하던 일이 이루어졌지만 찜찜했다. ＸＫ-2번이 ＸＫ-3번과 한패라는 게 밝혀지면 어쩌지? 그때는 나도 그들과 한패라고 여길 게 뻔했다.

지금이라도 사실대로 말해야 하는 게 아닐까? 그러면 포상금도 계급 승진도 다 날아가겠지? 마음이 복잡했다.

ＸＫ-2번은 내 눈을 똑바로 바라봤다. 그러곤 ＸＫ-3번이 바란 일이니 꼭 받아야 한다고 했다. 뭔가가 울컥하고 올라왔다. 제 앞가림이나 잘할 것이지.

ＸＫ-3번은 무사할까? 그가 무사하기란 쉽지 않을 것이다. 그들이 절대 용서하지 않을 테니까. 회사에 이익이 되는 일을 한 직원에게는 포상금과 승진 따위의 선물을 주지만 회사에 손해를 끼친 사람에게는 어떤 자비도 베풀지 않는 자들이었다.

덤으로 한 달 휴가까지 얻었지만 가슴을 짓누르는 알 수 없는 통증은 점점 심해지고 있었다.

드디어 휴가 가는 날이 되었다. 써니힐 전 직원이 ＸＫ-2번과 나를 위해 철문 앞까지 배웅을 나왔다. 그중에는 벌레 씹은 얼굴로 나를 노려보는 방장도 있었다. 나는 방장에게 다가가 속삭여 주었다.

"네놈은 이제 내 밑이야. 알지? 내가 돌아오면 나를 어떻게 대해야 할지 잘 생각해 보라고, 이 멍청한 자식아."

나는 관리자들이나 탈 수 있는 써니힐 승용차를 타고 보육원으로 갔다. 건물 앞에 보육원 사장님과 보육원생들이 모두 나와 있었다.

차에서 내리자 아이들이 박수를 쳤다. 아이들은 나더러 영웅이라고 했다. 믿어지지 않았다. 알비노라고 업신여기는 손가락질이 아닌 박수와 환호성을 받다니.

"장하다. 넌 우리 자랑이야."

사장님이 나를 얼싸안았다. 낯설지만 나쁘지 않은 기분이었다. 그렇다고 마음이 마냥 편하기만 한 것은 아니었다. 여전히 가슴이 답답했고, ₭-3번이 나에게 마지막으로 한 말이 계속 신경 쓰였다.

뚜껑 너머라. 무슨 뚜껑을 말하는 걸까? 아무리 생각해도 이 세상에서 가장 중요한 뚜껑은 역시 햇담 뚜껑이었다.

궁금증을 풀기 위해 포상금으로 살 수 있는 햇담을 모두 사 들였다. 그러곤 3층 창고 방에 몰래 들어가 햇담 병들을 죽 늘어놓고는 뚜껑을 열기 시작했다. 아무리 열어 봐도 뚜껑 너머에 있는 진실이 무엇인지는 알 수 없었다.

하나씩 뚜껑을 열어 빛이 사그라지는 걸 지켜보는 것도 슬슬 지겨워져 남은 뚜껑을 한꺼번에 열었다. 한두 개를 열 때는 잘 모르겠더니 여러 개의 햇담 병에서 동시에 빛이 쏟아지자 속이 울렁거렸다. Ж-3번이 낡아 빠진 건물에서 잡혀가던 날 느꼈던 것과 똑같은 메슥거림이었다. 목구멍과 콧속으로 확 끼쳐 들던 알싸한 화학 약품 냄새가 어느새 폐까지 자극했다. 나는 가슴팍을 부여잡고 바닥에 고꾸라졌다.

혼란스러웠다. 나는 단 한 번도 써니힐을 의심한 적이 없었다. 지하 연합국에 존재하는 거의 유일한 돌연변이 평등 업체이자 능력으로만 사람을 평가하는 써니힐. 능력만 있으면 그 어떤 돌연변이라도 최고 계급까지 올라갈 수 있고, 관리자도 될 수 있는 곳. 그곳이 내가 믿은 세상이었다.

이제 뭘 믿어야 하지? 차라리 아무것도 몰랐으면 좋았을 텐데. 이게 다 저 햇담인지 뭔지 때문이다. 발을 뻗어 닥치는 대로 유리병을 걷어찼다. 유리 파편이 사방으로 튀는 걸 보면서 속에 있는 걸 모두 토해 냈다.

손목에 찬 멀티기에서 파란 불빛이 깜빡였다. 대화 수락 단추를 누르자 Ж-2번이 홀로그램으로 튀어나왔다. Ж-2번은 창고 방을 쓱 훑어봤다.

"이렇게 난장판을 쳤으면 뚜껑 너머에 있는 건 찾았겠네?"

나는 아무런 대꾸도 하지 않았다.

"참! 너 회사 그만둔다며? 방장이 신나서 메시지를 다 보냈더라. 어떻게 먹고살려고 그래? 어디 갈 데나 있어? 아휴."

Ж-2번이 걱정스러운 눈으로 나를 바라봤다. 처음에는 무슨 말인지 알아듣지 못했다. 그러다 회사에 연락했던 일이 떠

올랐다. 휴가가 끝나고 난 뒤에 조금 더 쉬고 싶다고 말했는데, 그게 그만둔다는 말로 바뀌어 버린 모양이었다. 소문이란 제멋대로 부풀려지게 마련이니 사람들이 뭐라고 하든 상관없었다.

나는 Ж-2번이 그만두지 않는 게 오히려 더 이상하다고만 말했다. 그는 아직 할 일이 남아서라고 대답했다. 더 묻고 싶었지만 그만두었다. 그도 써니힐이 우리를 도청하고 있다는 걸 모를 리 없을 것이다. 어쩌면 써니힐은 아주 오래전부터 그런 일을 해 왔는지도 모르겠다.

"3번이랑 보라색 눈 알비노가 죽었다던데. 진짜야?"

내 딴에는 화제를 바꾼다는 게 이 모양이라니. 하긴 누구에게든 묻고 싶던 일이긴 했다.

"너도 써니힐 방송 들었구나? 햇담을 만드는 곳에서 한 말이니 믿어야 할지 말아야 할지는 네가 더 잘 알겠지. 참고로 반지에서 탈옥시켰다는 얘기도 있긴 해."

Ж-2번이 한쪽 눈을 찡긋해 보였다. 더는 묻지 말라는 뜻 같아서 다른 말을 찾았다.

"언젠가 다시 만날 수 있을까, 우리?"

내가 말하고도 피식 웃음이 나왔다. 과연 우리가 다시 만날 수 있을까? Ж-2번은 고개를 살짝 끄덕이고는 대화를 종료해 버렸다. 나에게 '책장 둘째 줄, 왼쪽 세 번째 책'이라는 문자를 전송한 뒤였다.

책장으로 다가가 ㅈ-2번이 말한 책을 빼 들었다. 쪽지라도 들어 있을까 기대했는데 아무것도 나오지 않았다. 책을 덮으려고 할 때였다. 첫 페이지 오른쪽 모서리 위에 그려진 그림이 눈에 들어왔다.

빠르게 책을 넘겨 봤다. 페이지마다 같은 자리에 그림이 그려져 있었고, 그림은 마치 이야기처럼 이어졌다.

키 작은 꼬마. 온몸이 새하얀 더 작은 꼬마. 둘은 뛰어간다. 굴 안으로 들어간다. 책을 읽는다. 수다를 떤다. 노래를 부른다. 두 아이 뒤로 사다리가 보인다. 둘은 웃으며 사다리를 올려다본다.

그림을 보고 나자 우리 아지트가 떠올랐다.

지하 연합국 북쪽 끝에는 아무도 가지 않는 땅이 있다. 빙하기가 오기 직전 지상에서 살던 사람들이 지하로 내려올 때 사용한 사다리가 있는 곳. 더 이상 지상으로 나갈 일이 없어 버려진 땅이 된 곳. 그곳에 있는 굴이 우리 아지트였다. 조용히 책을 읽고 싶은 꼬마와 아무도 놀아 주지 않는 알비노 꼬마가 정한 아지트.

"저 사다리 보여? 굴이 또 있나 봐. 책에서 봤는데 굴이 끝나는 데는 다른 곳이랑 이어 주는 뭔가가 있대. 문이나 뚜껑 같은 거. 내가 거기까지 갈 수 있을 것 같아, 못 갈 것 같아?"

ㅈ-3번은 장난스럽게 묻곤 했다. 대답할 필요는 없었다. 그가 언젠가는 문이든 뚜껑이든 찾아 떠나리란 걸 알고 있었으

니까. 그는 거기까지 갔을까? 그리고 뚜껑을 찾았을까?

한번 떠오른 기억은 멈추지 않았다. 아지트로 가는 길은 물론이고, 아지트에 놓여 있던 사다리며 그곳에서 났던 꿉꿉한 냄새까지도 생생하게 떠올랐다. 기억이란 놈은 멋대로 튀어나오는 재주만 있는 줄 알았더니 나를 움직이게 만드는 재주까지 있었다.

떠날 때가 되었다. 배낭에 옷가지와 양말을 넣고, 나머지 공간은 물통과 빵으로 채웠다. 마지막으로 페이지 모서리마다 그림이 그려진 책을 집어넣었다.

보육원을 나와 북쪽 끝까지 한참을 걸었다. 마침내 K-3번과 함께 놀던 우리의 아지트가 나왔다. 멀티기에서 나오는 불빛에 의지해 굴 안쪽을 살펴보았다. 사다리는 내가 기억하고 있는 바로 그 자리에 조용히 서 있었다. 나는 사다리를 오르기 시작했다.

사흘 내내 셀 수 없을 만큼 많은 굴과 사다리를 지났다. 어느새 빵과 물은 바닥이 났는데 아무리 앞으로 나아가도 끝이 보이지 않았다. 숨이 턱까지 차올랐다. 저릿저릿하던 다리는 언제부턴가 아무 감각도 느껴지지 않았다. 과연 이 굴에 끝이라는 게 존재하기는 할까?

쿵 소리와 함께 머리끝에서부터 띵한 울림이 전해졌다. 멀티기로 머리 위를 비춰 보았다. 찾았다! 뚜껑! 쇠로 만든 까맣고 둥그런 뚜껑이었다. 기쁨과 두근거림 뒤로 걱정이 밀려왔

다. 지상은 여전히 빙하기일 테니 뚜껑을 열자마자 얼어 죽을
지도 모른다. 진실을 찾기도 전에 말이다.

지금이라도 돌아가야 할까? 사다리 아래를 내려다보았다.
시커먼 어둠이 나를 마주 봤다. 그제야 생각이 났다. 내가 돌
아갈 곳은 어디에도 없었다. 내가 믿었던 세상은 더 이상 존
재하지 않으니까.

뚜껑을 열기로 했다. 수백 년 동안 열지 않았으니 웬만한
힘으로는 어림도 없겠지? 이를 악물고는 있는 힘껏 뚜껑을 위
로 밀어 올렸다. 어라? 뚜껑은 너무 쉽게 열렸다. 더 이상한
건 어떤 추위도 느낄 수 없었다는 것이다.

사방이 어슴푸레했고, 앞은 잘 보이지 않았다. 몇 걸음 못
가 툭 튀어나온 뭔가에 발이 걸려 엎어졌다. 몸을 돌려 등을
바닥에 대고 누웠다. 지하 연합국에서 부는 습한 바람이 아닌
시원한 바람이 얼굴을 훑고 지나갔다. 처음 맡아 보는 향기가
코끝에 맴돌았다. 주위는 점점 깜깜해졌고, 눈꺼풀은 그 어느
때보다 무거워만 갔다. 멀티기는 멈춰 있었다.

"얼른 와 봐. 찍찍 하얀 쥐가 왔어."

누군가 내 어깨를 흔들었다. 얼핏 하얗디하얀 손과 보라색
눈동자를 본 듯했다.

나는 부스스 일어나 손등으로 눈을 비비고, 주위를 둘러봤
다. 초록색 들판과 빨갛고 노란 꽃들. 저 멀리 우뚝 솟은 산과
바위. 높고 파란 하늘과 내 살빛보다 더 하얀 구름. 어디선가

들리는 새소리까지. 내가 보고, 듣는 모든 것이 믿어지지 않았다. 여기는 어디지?

"뚜껑 너머 진짜 세상에 온 걸 환영해."

누군가 나에게 손을 내밀었고, 나는 고개를 들었다.

K-3번이었다. 구릿빛으로 그을린 그의 팔뚝 위로 햇빛이 쏟아져 내렸다. 나는 내 팔뚝을 내려다봤다. 하얗다 못해 파리한 내 팔 위에도 그의 팔뚝 위로 쏟아지는 것과 똑같은 햇빛이 쏟아지고 있었다. 아주 오랫동안 그와 나의 팔뚝을 번갈아 바라보았다.

마침내 천천히 오른팔을 들어 올렸다. 누구에게나 공평하게 내리쬐는 진짜 태양 빛 아래에서 나는 그의 손을 맞잡았다. 형의 손을.

박효명 ◇ 내가 살고 있는 이곳은 진짜 세상일까? 혹시 거대한 뚜껑으로 덮인 세상 안에 갇혀 살고 있는 건 아닐까? 누군가는 허무맹랑한 생각이라고 여길지도 모르겠다. 하지만 모를 일이다. 우리는 아직 '뚜껑 너머'에 가 보지 않았으니까.
뚜껑 너머는 있을 수도 있고, 없을 수도 있다. 뚜껑 너머가 있다 하더라도 내가 상상한 곳과는 전혀 다를 수도 있다. 하지만 상관없다. 중요한 건 '뚜껑 너머가 있지 않을까?' 하고 스스로 가졌던 의문과 그 의문을 풀기 위해 뚜껑 너머에 가고자 했던 용기와 의지일 테니까.

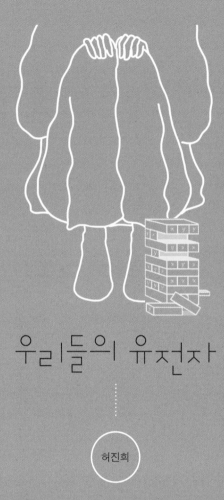

우리들의 유전자

허진희

빛이 가득 쏟아져 들어오는데도 어둠을 느꼈다. 그림자로 가득한 바닥에서 서늘한 기운이 올라오는 건물이었다. 차분하게 가라앉은 오후의 공기가 부유하는 황금빛 먼지를 품고 있었다. 가을 햇살 속을 뛰어온 터라 셔츠 목깃이 축축했다. 실내는 쾌적한 냉기를 유지하고 있었다. 복도를 걷는 동안 더운 기가 누그러졌다. 무심코 뒷목을 쓸어 올리는데 머리카락이 뻣뻣하게 식어 있었다.

이렇게 중요한 날 늦잠을 자다니, 누그러진 더운 기운이 화 때문에 다시 후끈 올라오는 듯했다. 게으른 유전자를 타고난 사람은 아무리 노력해도 한계가 있는 걸까? 나에게 문제의 유전자가 있다는 사실을 처음 알았을 때는 몹시 실망했지만 그동안 내 나름대로 현명하게 잘 대처해 왔다고 자부했다. 매일 아침 여섯 시에 일어나서 한 시간씩 달리기를 하고, 정해진 시간에 계획한 식단대로 식사를 챙기고, 일곱 시간 이상 연구

과제에 몰두했다. 조금이라도 빈틈이 생기면 나태해질 게 뻔하기 때문에 항상 분 단위로 시간을 체크하며 긴장 상태를 유지했다. 가끔은 반복되는 일상이 너무 지겨워서 늦잠도 자고 싶고, 정크푸드로 대충 허기를 채우고 싶은 적도 있었다. 책상 앞을 벗어나서 마음껏 빈둥대고 싶은 날도 많았다. 하지만 스스로 규칙성을 부여하고 어김없이 잘 따르는 생활은 내게 굉장히 중요한 의미가 있었다. 나의 행동을 지시하는 게으른 유전자에 대한 적극적인 반항이야말로 사춘기를 통과하는 소년으로서 할 수 있는 가장 합리적인 대처라고 생각했다.

어제도 여느 때와 똑같이 공부 시간과 연구 시간을 세심하게 재배치하여 최대한 허투루 보내는 시간이 없도록 했다. 계획대로라면 밤 열한 시쯤 더운물로 샤워를 하고 잠자리에 들었을 것이다. 수면 패턴 분석 결과 새벽 한 시부터 세 시까지의 시간대가 포함된 여섯 시간 삼십 분의 수면 시간을 지켜야만 최적의 컨디션을 유지할 수 있다고 나왔기 때문이다. 불행히도 어젯밤 게으른 유전자의 활약은 대단했다. 평소보다 더딘 속도로 공부를 하고, 평소보다 더 오래 몸을 씻었고, 평소보다 훨씬 늦게 잠이 들었다. 여느 때와 달리 욕조에 들어가서 느긋하게 몸을 풀다가 정작 침대에 누워서는 말똥말똥 잠을 못 이룬 것이다.

'망할 유전자…….'

나는 입을 삐죽거리며 로비에 들어섰다. 데스크 근처에는 우람한 체격의 경비원들이 각자 지정된 자리에서 서성이고 있었다. 검색대 아래에 서자 머리 위로 위잉 하는 소리가 들렸다. 몇 초 만에 내 정보를 파악한 경비원은 짧은 인사와 함께 보안 카드를 건네주었다. 나는 엘리베이터로 향하며 크게 숨을 들이마셨다. 초조한 마음을 달래려고 짧은 구레나룻을 연신 쓸어내렸다. 가느다란 머리카락이 손끝을 간지럽혔다. 천천히 숨을 내뱉었다. 유전자 따위, 나는 다시 중얼거렸다.

"송운 학생?"

엘리베이터 문이 열리자 하얀 가운을 입은 젊은 남자가 반겨 주었다.

"반가워요. 기 박사가 아직 회의 중이어서 내게 안내를 부탁했어요."

심한 곱슬머리였지만 다행히 아주 멋진 미소를 짓는 법을 터득한 남자였다. 과장되지 않은 자연스러운 친절이 몸에 밴 것 같은 사람. 우리는 악수를 나누었다. 적당한 온기, 건조한 손바닥의 느낌이 마음에 들었다.

"사실 궁금하기도 했고요. 열일곱 살에 그 어려운 구골 플렉스 테스트를 통과하다니, 난 대학을 졸업하고 나서야 가능했거든요."

"운이 좋았던 것도 있습니다. 그날 컨디션이 괜찮았어요."

"그렇게까지 겸손할 거 없어요. 오늘은 자신감을 보여 줘야 하는 날이니까."

그가 싱긋 웃어 보였다. 유난히 반짝이는 눈동자에서 어디로 튈지 모르는 장난기가 엿보였지만 길게 구부러진 속눈썹이 드리워 인상을 부드럽게 만들어 주고 있었다. 구골 플렉스 테스트는 높은 지능을 토대로 깊이 있는 공부를 한 사람들만이 통과할 수 있는 일종의 지식인 검증 시험이다. 스물세 살에 구골 플렉스 테스트를 패스했다면 과학자로서는 조금 느린 편이었다. 진로를 뒤늦게 정했거나 시험을 미루었거나 그도 아니면 지적 발달 속도가 느렸기 때문일 것이다.

"아, 난 이곳 관리를 맡고 있는 신 관장이라고 해요. 다들 신 관이라고 부르죠."

순간 뒤통수를 맞은 듯이 멍하니 할 말을 잃었다. 대학을 마친 후에야 테스트를 통과한 사람이 이렇게 젊은 나이에 어떻게 관장이 될 수 있단 말인가? 기껏해야 이제 고작 이십 대 후반으로 보일 뿐이었다. 내 표정을 읽었는지 그는 재빨리 말을 이었다.

"관장이라고 특별히 권위가 부여된 건 아니에요."

내 반응에 기분이 상한 것 같지는 않았다. 그는 슬쩍 내 어깨에 손을 얹고 농담조로 덧붙였다.

"물론 권한은 좀 있지만요."

나는 잠자코 고개를 끄덕이며 그를 따라 복도를 걸었다. 복도 끝 유리창에서 하얀빛이 들어오고 있었다. 천장에서 곡선으로 이어진 벽은 있는 힘껏 빛을 받아들였다. 자연광으로 만들어 낸 최적의 실내조명이었다. 빛의 줄기들이 치밀하게 계산된 각에 따라 반사되어 눈부심 없이 사방에 고루 퍼져 나갔다. 관장이 1310호 문 앞에 멈추어 서자 머리 위에서 전신 스캐너가 소리를 냈다.

"좀 더 이야기 나누고 싶은데 아쉽네요. 기 박사는 십 분 정도만 기다리면 올 거예요."

"네. 감사합니다."

그가 다시 악수를 청했고 나는 손을 내미는 것과 동시에 고개를 숙였다. 대놓고 힘을 과시하지 않아도 그는 무시할 수 없는 권한을 갖고 있었다.

"행운을 빌어요. 오늘도 컨디션이 좋기를."

연구실에 들어서자 관장의 인사말과 함께 문이 닫혔다. 어둠이 깔려 있는 방이었다. 나는 테이블 위에 놓인 리모컨으로 유리창의 밝기를 조절했다. 열기 없이 전달되는 햇빛이 실내를 고루 비추었다. 연구실은 제법 잘 꾸며져 있었다. 개인의 취향이 한껏 반영된 것 같은 분위기였다. 유리 벽으로 나누어진 두 공간은 응접실과 연구실의 기능을 확실히 구분하고 있었다. 나는 응접실의 2인용 안락의자에 앉아 기다렸다. 반질반질 윤이 나는 고동색 협탁 위 화병에 백합이 풍성하게 꽂혀 있었다. 깨끗하게 관리된 의자의 혼방 커버를 집게손가락으로 문지르며 과연 기 박사와 아주 잘 어울리는 인테리어라고 생각했다.

화상 통화 면접에서 본 기 박사는 이십 대 초중반 정도로 앳돼 보였지만 기품이 느껴지는 독특한 분위기가 있었다. 별다른 억양이 없고 말이 느린데도 듣는 사람으로 하여금 집중하게 만드는 힘이 있었다. 사실 면접 초반에는 너무 긴장해서 생각나는 대로 아무 말이나 지껄였다. 이대로 계속하면 망할 거라고 생각한 순간 영상 속 박사와 시선이 마주쳤다. 직감적으로 상대가 내 말을 끝까지 포기하지 않고 들어 줄 거라는 믿음이 생겼다. 놀랍게도 정말 그랬다. 논리가 꼬이는 순간에도 다그치지 않고 기다려 주었고, 적당한 단어가 생각나지 않아 주춤할 때는 가벼운 힌트로 기회를 주었다. 덕분에 나는 유전자 연구소 최종 면접 기회를 얻을 수 있었다.

"늦어서 미안해요."

문이 열리자마자 기 박사의 목소리가 들렸다. 서둘러 몸을 일으켜 뒤돌아보았다. 밝은 미소와 함께 순조로운 시작을 하고 싶었다. 하지만 나의 의도된 미소는 곧바로 갈 곳을 잃고 헤매었다. 아마 내 입은 반쯤 벌어져 있었을 테고, 눈동자는 정처 없이 흔들리고 있었을 것이다.

"놀라게 했나 보네요. 연구소에서는 화장을 하지 않거든요."

그런 바보 같은 표정은 너무 많이 봐서 익숙하다는 듯한 말투였다.

"사실 반응을 보고 싶기도 했어요. 앞으로 같이 일할 수도 있으니까."

기 박사의 피부는 붉은색이었다. 정맥에서 흐르는 피처럼 어두운 붉은빛. 보는 것만으로도 뜨거운 기운이 꿈틀꿈틀 느껴지는 피부였다. 하얀 가운은 붉은색 피부를 더욱 돋보이게 했다. 박사의 얼굴과 목, 그리고 손목부터 가늘고 긴 손가락까지 활활 타오르는 듯했다. 나는 완전히 압도당했다.

또각또각 구두 굽 소리가 명료하게 울려 퍼졌다. 얇은 검은색 바지가 붉은색 발목 근처에서 찰랑거렸다.

"그럼 시작할까요."

박사가 내 맞은편 의자에 앉으며 말했다. 우리 사이엔 작은 응접실 테이블만이 놓여 있었다.

"기초 지식 테스트는 화상 통화로 했으니까 오늘은 부담 없이 면담하는 거라고 생각하면 돼요. 송운 학생도 연구소나 저에 대해 궁금한 게 있으면 얼마든지 질문해도 되고요."

눈앞에서 기 박사의 입술이 움직였다. 마치 선명한 붉은 립스틱을 바른 듯한 입술이었다. 평소에도 립스틱은 바를 필요가 없어 보였다. 특수 화장품을 사용해서 피부색은 감출 수 있지만 입술만큼은 본연의 색으로 뽐내고 다닐 것 같았다. 나는 갑자기 궁금증이 생겼다.

"그럼 제가 먼저 질문해도 될까요?"

잠긴 목이 풀리면서 소리가 떨렸다. 박사는 팔걸이에 왼쪽 팔을 걸치고 고개를 끄덕였다. 단정하게 올려 묶은 검은 머리카락이 목 뒤에서 찰랑거렸다.

"박사님이 유전자 연구소에서 일하시게 된 동기가 궁금합니다. 특별한 이유나 사명감 같은 거요."

"내 피부 때문인지 알고 싶은 거지요?"

기 박사는 눈을 동그랗게 떴지만 놀란 것은 아니었다. 나는 작게 고개를 끄덕였다. 이런 질문도 많이 받아 보았다는 듯이 기 박사는 태연하게 짓궂은 표정을 지으며 말을 이었다.

"맞아요. 내 피부 때문이었어요."

피부에 대해 전혀 신경 쓰지 않는다면 화상 통화를 할 때 화장을 했을 리가 없다. 무례하게 보일지 몰라도 나는 꼭 대답을 듣고 싶었다. 내가 유전자 연구소에서 일하고 싶은 이유에 비추어 보고 싶었기 때문이다.

"처음에는 그랬죠. 치료제를 발명할 자신도 있었고요. 하지만 연구비를 후원받을 수가 없었어요. 알다시피 홍인 유전자는 아주 희귀한 돌연변이예요. 지구상에 몇 명 되지도 않는 사람들을 위해서 막대한 연구비를 지원할 기업은 없죠. 게다가 피부색이 유별나다는 것 외에 통증이 있거나 신체 기능이 떨어지는 것도 아니고 평균 수명도 보통 사람들과 차이가 없거든요."

"그래서 이제는 포기하신 건가요?"

"포기라……. 글쎄요. 더 이상 집착하지 않게 되었다는 표현이 맞겠네요. 유전자 연구소는 나와 같은 사람들이 일하기 좋은 곳이에요. 서로의 유전자에 대해 감정적으로 반응하지 않거든요. 덕분에 좀 더 중요한 일들에 집중할 수 있게 되었죠."

"중요한 일이라면……."

"정말로 통증이 있거나 신체 기능이 떨어지거나 수명이 얼마 남지 않은 사람들을 위해서 연구하는 거지요."

나는 조금 실망했다. 내가 듣고 싶은 대답은 따로 있었다.

"만약에 기적처럼 후원자가 생겨서 홍인 유전자를 연구할수 있게 된다면요?"

"그럼 기쁜 마음으로 하겠죠."

박사는 싱긋 웃으며 등받이에 몸을 기댔다.

"연구소 사람들이 이곳을 뭐라고 부르는지 알아요?"

나는 고개를 저었다.

"콤플렉스 연구소라고 불러요. 우리는 좀 더 나아지고 싶은 욕구에 대해서 누구보다 깊이 이해하고 있어요. 나는 여전히 내 피부가 너무 빨갛다고 생각해요. 대중교통을 이용해서 출퇴근하는 날은 반드시 특수 화장품으로 피부를 가리죠. 화장품 성분이 독하고 모공을 막아 버리기 때문에 피부 결이 안좋아지는 건 물론이고 가격도 만만치 않아요. 하지만 홍인을 처음 본 사람들이 눈을 휘둥그렇게 뜨고 쳐다보는 표정이 싫어서, 그들의 얼굴에 떠오르는 감정들을 읽어 내기 싫어서 화장을 해요. 그러니까 이 모든 것들로부터 해방되고 싶은 마음은 여전히 남아 있어요. 송운 학생이 말한 대로 그런 기회가 생긴다면 정말로 기쁜 마음으로 연구할 거예요."

가슴이 떨렸다. 콤플렉스 연구소. 아주 마음에 드는 별명이었다. 나는 언젠가 변해 버릴 내 모습을 떠올려 보았고, 아무도 그런 모습을 놀리거나 비아냥거리지 않는 이곳에서 연구에 매진하는 모습도 상상해 보았다.

"그럼 제가 이 회사에 딱 어울린다고 생각합니다."

기 박사는 미소를 잃지 않은 채 다음 말을 기다렸다.

"유전자 연구소에서 일하고 싶은 간절한 제 마음과는 별개로……. 연구소의 발전을 위해서도 제가 가장 적합한 인재라고 생각합니다."

나는 진중한 목소리를 내려고 애썼다. 상대가 내 말을 신중하게 들어 줄 거라는 믿음이 있었다. 화상 통화 때와 모습은 전혀 다르지만 낯설지 않은 기운이 박사를 감싸고 있었다.

"저는 곧 탈모가 시작될 겁니다."

내 고백에도 박사는 웃지 않았다. 마음이 놓였다.

"아버지와 할아버지 모두 탈모인이시죠. 두 분 다 젊은 시절부터 탈모가 진행되었다고 합니다. 탈모가 유전이라는 사실은 어렸을 때도 알고 있었지만 감정적으로 다가오기 시작한 건 열세 살부터였습니다. 학교에 오신 아버지를 본 친구들이 저를 놀려 대며 온갖 별명을 지어 불렀습니다. 제가 좋아하던 여자애에게 고백했을 때는 '너 곧 대머리가 된다면서, 아무래도 그건 감당 못 할 것 같아.'라는 대답을 들었죠. 뭐, 그 말에 정나미가 떨어져서 미련은 남지 않았지만 어쨌든 상처는 생기더군요. 그리고 한동안은 아버지 주변을 관찰해 보았습니다. 가장 친한 친구분조차도 머리에 대한 농담을 계속하면서 아버지를 민망하게 만들더군요. 가발을 쓰면 가발을 썼다고 놀리고 가발을 쓰지 않으면 머리가 전보다 더 횡하다고 놀리고……. 아버지의 모습은 암울한 제 미래였죠. 그때부터 유전자 연구에 빠져들게 되었습니다. 전 세계 많은 연구소에서 탈모 유전자 치료를 연구하고 있지만 좀처럼 성과가 나오지 않더군요. 암도 정복한 시대에 탈모만은 여전히 난제로 남아 있다는 사실에 분통이 터집니다."

"탈모 유전자를 연구하고 싶다면 지원금을 받는 일은 그리 어렵지 않을 거예요."

기 박사는 자신의 무릎에 양손을 겹쳐 얹었다. 지원금 문제는 박사에게도 연구소에도 그리고 나에게도 중요한 문제였다.

"다행히 저는 평균을 훨씬 웃도는 지능을 타고났고 탈모 유전자 연구에 헌신할 각오도 되어 있습니다. 만약 치료제 개발에 성공한다면 그로 인한 수익은 어마어마하겠지요. 하지만 전 돈에는 별로 관심이 없습니다."

"그건 저와 같네요."

시종일관 진지하게 내 말을 경청하던 박사의 얼굴에 미소가 어렸다. 나는 왠지 으쓱해졌다. 돈이 목적인 연구는 하지 않겠다는 의지가 박사의 마음을 끈 것 같았다. 박사와 공통점이 많으면 많을수록 합격 확률도 높아질 게 분명했다. 둘 사이에 공통점을 발견했다는 사실 그 자체에서도 묘한 흥분을 느꼈다. 연구소에 입성해서 매일 함께 어울리며 이야기를 나눈다면 기분이 어떨지 궁금했다.

"한 가지 걱정되는 건……."

박사는 살짝 뜸을 들였다.

"유전자 변이에 관한 편견을 가지고 있는 건 아닌지 염려되네요. 이를테면 외모에 대해 특정 기준을 두는 태도 같은 것 말이죠. 오늘 최종 면접을 통과하면 적어도 삼 년 동안은 나와 함께 일하게 될 거예요. 일 년은 수습 기간이고 그 후에는 연구하고 싶은 주제에 대해 계획을 세우고 발표를 준비하게 되지요. 나는 송운 학생의 연구 계획서가 통과될 수 있도록 도와줄 거예요. 지도 선임을 바꿀 수는 있지만 그렇게 하면 해당 박사 밑에서 다시 수습 기간을 거쳐야 하죠. 그래서 우리가 서로의 생각을 잘 이해하는 게 무엇보다 중요해요."

"저는 외모에 대해서 편견을 가지고 있지 않습니다."

나는 박사를 똑바로 쳐다보았다. 생각보다 결이 곱고 빛나는 피부였다. 거칠게 달아오른 느낌의 적색이지만 손을 대면 분명 한없이 보드라울 것 같았다.

"우리가 같이 일한다면 앞으로 다양한 유전자 변이를 관찰하게 될 거예요. 그런 기회를 갖는다는 건 굉장한 행운이지요. 열린 사고를 지향하고 자유롭게 의견을 나눌 수 있는 사람만이 주어진 행운을 제대로 누릴 수 있다고 봐요. 콤플렉스는 문제 되지 않아요. 편협한 기준이 문제죠. 송운 학생은 탈모 증상이 발현된 사람을 볼 때 어떤 감정을 느끼나요?"

"두려움. 두려움을 느낍니다."

기 박사는 가만히 기다렸다. 나는 솔직하게 말을 이어 갔다.

"앞으로 저에게도 나타날 증상이니까요. 자꾸만 안 좋은 상황을 상상하게 됩니다. 사람들이 저를 우습게 보고 무시하는 장면을 떠올리죠. 멋진 외모에 대한 기준이 따로 있는 것은 아닙니다. 그저 탈모로 인해 처하게 될 상황이 싫은 거죠."

"공감해요. 내 피부를 보면 말 안 해도 알겠지만."

박사가 살짝 웃었다.

그때 갑자기 연구실 문 옆 벽면에 영상이 떴다. 느닷없이 신 관장의 얼굴이 나타났다. 다급해 보였지만 장난스러운 표정이었다.

"신관, 긴급 화상 통화는 자제해 줬으면 좋겠어. 전화를 받을지 말지 선택권 정도는 줄 수 있잖아."

기 박사는 작게 한숨을 쉬며 말했지만 진짜로 기분이 나쁜 것 같지는 않았다.

"미안, 미안해. 휴대전화를 잃어버려서. 혹시 거기 있어?"

"여기 버젓이 놓여 있네."

구형 휴대전화가 응접실 테이블에 놓여 있었다. 난생처음 보는 오래된 모델이었다.

"두 분, 면담하는데 미안합니다."

신 관장이 살짝 고개를 숙이는 몸짓과 함께 씩 웃었다.

"잠깐 들러서 찾아갈게!"

영상은 바로 꺼졌다. 그리고 우리가 이어 갈 말을 찾기도 전에 문이 열렸다. 신 관장은 여유 있는 모습으로 들어섰다.

"바로 옆방이거든요."

기 박사가 귀띔해 주었다.

"이제 현대인답게 살 때도 됐잖아. 이게 아직 작동한다는 게 놀라울 정도야."

박사가 휴대전화를 건네주면서 말했다.

"무슨 소리야. 이건 전설적인 모델이라고. 이렇게 완벽하게 보존된 건 지구상에 몇 개 없을걸."

없을 것 같기는 했다. 관장처럼 특이한 취향이 아니고서야 굳이 불편을 감수하고 쇳덩이 같은 휴대전화를 사용하려는 사람은 없을 것이다. 안경, 렌즈, 시계, 귀걸이, 일회용 스티커 등 소통할 수 있는 방법은 다양했다.

"어떻게, 오늘 운은 괜찮은가요?"

신 관장이 사람 좋은 웃음을 지어 보이며 내게 물었다.

"운이 좋기를 바라고 있습니다."

예의를 갖추기 위해 자리에서 일어나자 관장은 앉으라는 손짓을 하며 자신도 의자에 걸터앉았다.

"기 박사님, 저도 잠시 면담에 참여해도 될까요?"

"어차피 최종 승인은 관장님이 하시는 거니까요. 저를 전적으로 신뢰하고 맡기시는 줄 알았지만."

두 사람은 갑자기 존댓말을 쓰면서도 친근한 분위기를 잃지 않았다.

"박사님에 대한 신뢰는 의심하지 말아 주셨으면 합니다. 그저 최연소 연구원이 될지도 모르는 지원자에 대한 호기심이랄까. 아니, 호감이라고 표현하는 게 맞겠네요. 저도 대화할 수 있는 기회를 얻고 싶어서요."

신 관장이 한쪽 눈을 찡긋해 보였다. 기 박사는 그를 가볍게 흘겨보고는 나에게 동의를 구했다. 어떻게 보아도 거부할 수 있는 상황은 아니었다.

"혹시 본인의 유전자 검사를 해 본 적이 있나요?"

"네. 이 년 전에 했습니다."

"특이점이 있었나요?"

"너무 사적인 질문인 것 같아, 신관."

기 박사가 손끝을 가볍게 관장의 무릎에 대며 말했다.

"실례가 되었나요? 대답하기 싫다면 안 해도 돼요. 송운 학생이 어떤 유전자 결함이 있는지 궁금해서 물어본 건 아니에요. 오해는 없었으면 하네요. 저는 단지 본인의 유전자 검사 결과를 본 후에 어떤 생각을 했는지 어떤 감정을 느꼈는지 듣고 싶었어요."

나는 깍지 낀 두 손을 뚫어져라 쳐다보며 할 말을 찾았다.

"크게 문제 될 건 없었지만 몇 가지 예상하지 못했던 점들을 발견했습니다. 게으른 유전자라든가……."

"게으른 유전자!"

관장은 기다렸다는 듯이 흥미를 보였다.

"송운 학생은 게으른 유전자에 대해서 어떻게 생각하나요?"

"유전자의 영향력에 대한 저의 생각에 다시 한 번 힘을 실어 준 증거였죠. 어릴 적부터 저는 제가 부지런한 타입이 아니라는 걸 알고 있었습니다. 일부러 의식해서 치열하게 자신을 닦달하지 않으면 쉽게 느긋해지곤 했으니까요. 아무리 꼼꼼하게 시간표를 짜도 항상 긴장하면서 체크하지 않으면 계획은 보란 듯이 물거품이 되고 하루를 엉망으로 마무리할 수밖에 없었습니다. 저는 늘 그런 자신에게 실망하곤 했지요."

"게으른 유전자를 가지고 있지 않은 사람들은 이해하지 못하지요. 우리의 행동을."

관장은 은근하게 기 박사의 팔꿈치를 밀면서 장난스럽게 말했다. 박사는 애매하게 웃으면서 바지의 주름을 만지작거렸다.

"나도 게으른 유전자를 가지고 있거든요. 안타깝게도 기박은 게으른 유전자를 갖는 행운을 누리지 못했죠. 그래서 우리 행동을 이해하지 못하고, 걸핏하면 게으르다고 핀잔주고 나무라기 일쑤랍니다."

기 박사는 나를 향해 억울하다는 표정을 지어 보였다.

"게으른 유전자의 존재가 세상에 알려지자 유전자 검사를 통해 인재를 채용하려는 기업들이 생기기 시작했습니다. 기업들이 근면 성실한 사람을 뽑으려고 하는 걸 탓할 수는 없다고 생각합니다. 아직 치료제가 나오지 않은 상황에서 저는 제가 할 수 있는 최선을……."

"채용 시 유전자 데이터를 검색하지 못하도록 법규를 강화해야 한다고 생각하지는 않나요?"

"당신도 지금 송운 학생의 유전자 검사 결과를 가지고 면담하고 있잖아."

기 박사가 핀잔을 주었다.

"이건 조금 다른 성격이라고 생각하는데."

관장은 목소리를 가다듬었다.

"저는 송운 학생이 게으른 유전자를 가지고 있는지 없는지에 대해서는 관심 없습니다. 제가 관심 있는 건 게으른 유전자에 대한 송운 학생의 의견입니다."

"물론 저도 유전자 데이터는 극히 개인적인 정보이고 기업이 마음대로 열람할 수 있게 해서는 안 된다고 생각합니다. 제가 인정하는 건 기업은 어디까지나 이윤을 추구하는 집단이고, 좀 더 근면한 사람을 들이고 싶은 게 당연하다는 사실입니다. 게으름이 장점이 될 수는 없지요. 저는 게으른 유전자를 극복하기 위해서 언제나 끊임없이 노력하고 있습니다."

"게으름이 그저 단점이기만 하다니……!"

관장은 탄식을 내뱉었다. 뭔가 잘못되고 있다는 느낌을 받았다. 관장은 내가 탐탁지 않은 걸까? 내 면접을 망치려는 걸까? 자칫 잘못하면 상황이 안 좋게 흘러갈 수 있다는 생각이 들었다.

"유유자적한 생활, 태평한 일상, 느린 하루……. 이런 것들에서 얻는 것이 아무것도 없을까요?"

어떻게 대답해야 할지 알 수 없었다. 나는 이미 관장과 반대되는 의견을 말해 버린 터였다. 기 박사는 평온한 표정으로 대화를 경청하고 있었다. 만약 내가 잘못하고 있는 거라면 분명히 신호를 주었을 거라는 생각이 들었다. 나는 내 입장을 사수하기로 했다.

"없습니다."

"없다고요?"

"네."

잠시 침묵이 돌았다. 정적을 먼저 깬 사람은 관장이었다.

"기박, 송운 학생은 말이야, 아무래도 유전자 검사를 다시 해야 할 것 같아. 당신과 똑같은 스타일인데……."

박사는 관장에게 한 번, 나에게 한 번 시선을 주었다. 나에게 준 눈빛의 의미는 알 수 없었지만 신 관장에게 보낸 눈빛의 의미는 확실했다. 이쯤에서 마무리하라는 뜻이었다. 하지만 관장은 그럴 생각이 없었다.

"애초에 이름을 잘못 지은 거지. 유전자가 유명해지려면 자극적인 이름이 필요하니까. 사실 이 유전자는 그저 사람을 게으르게 만들기만 하는 게 아니에요. 게으름이 우리에게 주는 선물들을 깡그리 무시해 버린 작명이지요."

"저는 그런 선물을 받아 본 기억이 없습니다만."

면접을 망치고 싶지는 않았지만 나도 모르게 말투가 조금 딱딱해졌다.

"몽상과 사색이 주는 선물을 받아 본 적이 없나요? 불현듯 떠오르는 영감으로 일을 처리한 적이 없나요? 목적 없는 산책을 하며 기발한 아이디어가 떠오른 적 없나요?"

"예리한 직관은 꾸준히 단련하는 자에게 찾아온다고 생각합니다."

"그렇군요."

신 관장은 양손으로 무릎을 쓰윽 문지르며 입으로만 미소를 지었다.

"사람마다 방식이 다를 수 있죠. 그저 게으름에 대한 편견에 대해 이야기 나누고 싶었어요. 송운 학생도 게으른 유전자 보유자라고 하니까 뭔가 통할 것 같아서……."

그가 소리 내어 웃었다.

"앞으로도 기박에게 혼나는 건 나 하나겠네요. 이거 참."

어쩔 수 없는 사람이라는 듯 기 박사는 고개를 저었다. 하지만 표정에는 애정이 담겨 있었다. 신 관장은 박사의 따뜻한 눈빛을 확인하고 나서야 비로소 눈으로도 웃었다.

"그럼 전 이만 피해 드리죠. 이야기 즐거웠어요."

우리는 다시 악수를 했다. 세 번째 악수였다. 처음과는 달리 관장의 손에서 묵직한 뜨거움이 느껴졌다.

"좀 별나긴 하지만 연구소에 없어서는 안 될 사람이에요."

신 관장이 자리를 뜨고 나서 박사가 말했다.

"처음에는 다들 미심쩍어했는데, 이제는 모두 신 관장을 의지하고 있죠. 알다시피 우리는 독립된 연구소라서 지원금을 끌어오는 문제도 있고 계약 조건을 협상하는 일도 만만치 않아요. 신관이 어떻게 혼자서 그 모든 일들을 다 해내는지 미스터리죠. 믿을 수 없을 정도로 솜씨가 좋아요."

기 박사의 붉은 얼굴에 유리창을 통과한 빛의 알갱이들이 내려앉았다. 황홀한 미소가 물결처럼 번졌다. 기 박사에게 관장은 친근한 존재이면서 동시에 감탄을 자아내는 인물이었다. 나는 아직 발도 디디지 못한 세계에서 놀라운 속도로 많은 일들을 능수능란하게 처리해 내는 남자, 그가 바로 신 관장이었다. 문득, 관장에 비하면 나는 아직 세상 물정 모르는 철부지가 아닌가라는 생각이 들었다.

"제가 면접을 망친 거 맞죠?"

나는 고개를 떨구고 물었다. 관장은 내 합격 여부를 결정할 수 있는 힘을 가지고 있었다. 그런 사람과 입씨름을 하다니, 후회가 밀려왔다. 내가 관장과 너무 다른 생각을 가지고 있다는 점만 강조했던 면접이었다. 좋은 인상을 남겼을 리가 없었다.

"왜 그렇게 생각하죠?"

기 박사가 의아한 표정을 지었다.

"아무래도 너무 솔직하게 제 생각을 말한 것 같습니다. 게으른 유전자에 대해서……."

목소리가 점점 기어 들어갔다.

박사는 고개를 갸웃하며 빙그레 웃음을 지어 보이더니 갑자기 목소리를 낮추며 다가왔다.

"이건 송운 학생한테만 말해 주는 건데……."

그때 테이블 위 구형 휴대전화가 진동을 했다. 짧고 요란한 울림이었다. 박사는 어이없다는 듯 웃어 보였다. 신 관장이 또 깜빡하고 두고 간 것이었다.

"못 말리겠네요, 신관."

기 박사는 휴대전화를 집어 들며 액정을 내려다보았다. 붉은 눈꺼풀이 내려와 검은 눈동자의 반을 가렸다. 알 수 없는 표정이었다. 박사는 휴대전화를 가운 주머니에 넣고 다시 하던 말을 이었다.

"송운 학생만 알고 있어요. 이거 신관은 아직 모르거든요."

나도 모르게 침이 꿀꺽 넘어갔다.

"사실은……."

일부러 뜸을 들이는 게 분명했다. 서두르지 않는 말투에서 장난기가 느껴졌다.

"나도 그 유전자 가지고 있어요."

"네?"

"게으른 유전자, 나도 가지고 있어요."

104

기 박사는 쑥스러운 듯 손가락을 입술로 가져가 만지작거렸지만 눈동자는 거리낌 없이 천진하게 반짝이고 있었다.

"너무 당연하게 내가 게으른 유전자를 보유하고 있지 않다고 생각하더라고요. 거짓말을 했다기보다는……."

"침묵하셨군요."

"맞아요. 침묵했죠."

기 박사가 소리 내어 웃었다.

"신관이 저렇게 보여도 사실 게으른 유전자에 대해 꽤 신경 쓰고 있어요. 자기 나름의 방식으로 게으른 유전자를 해석하고 다루려고 노력하는 거죠. 종종 찾아와서 불평을 해 대는 모습이 재미있어서 아무 말 하지 않은 게 여기까지 왔네요."

이번에는 나도 작게 소리 내어 웃었다.

"우리 셋, 어쩌면 잘 맞을지도 모르겠어요."

"네?"

기 박사는 한 손으로 자신의 가운 호주머니를 가리켰다. 신 관장이 두고 간 구형 휴대전화가 들어 있는 주머니였다.

"아까 신관이 문자를 보냈더라고요. 송운 학생, 마음에 든다고. 그러면서 결정권을 내게 넘겼네요."

조금 전 휴대전화가 진동했던 순간이 떠올랐다. 그때 신 관장이 문자를 보낸 것 같았다. 관장이 일부러 휴대전화를 놓고 간 걸까?

"그럼……."

"축하해요. 합격이에요."

나는 잠깐 멍하니 앉아 있었다. 기쁨이 엄습하기 직전, 사랑스러운 몇 초의 정적이었다.

"두 사람 열띠게 논쟁하는 모습, 계속 보고 싶네요."

박사가 한쪽 눈을 찡긋하며 덧붙였다.

"아까 말한 내 게으른 유전자 얘기는 우리끼리 비밀로 해요."

얼마든지요! 큰 소리로 대답하고 싶었지만 입이 떨어지지 않았다. 대신 고개를 힘차게 끄덕이자 기 박사도 만족한 듯이 미소를 지었다.

"우리 앞으로 잘해 봐요."

기 박사가 손을 내밀어 악수를 청했다. 부드럽고 따뜻한 손이었다.

내가 웃자, 박사도 환하게 웃었다.

가슴속에 붉은빛이 꽉 차올랐다.

허진희 ◇ 저는 게으름뱅이예요. 계획을 세워도 게으른 탓에 잘 지켜 내질 못해요. 그래서 게으름에 관심이 많답니다. '나는 왜 이렇게 게으를까?', '어떻게 하면 게으른 성격을 바꿀 수 있을까?' 질문은 끝도 없이 이어지죠. 저는 아직 계속 질문 중이에요. 정답을 찾지 못했으니까요. 「우리들의 유전자」는 이런 질문들로 만들어진 글이에요. 게으른 저를, 혹은 게으른 우리를 편견 없이 봐 주길 바라는 애교 섞인 마음도 살짝 넣었답니다.

진로 탐색

(김유경)

요란한 엔진 소리와 규칙적으로 움직이는 기계음이 들렸다. 바쁘게 움직이는 발소리도 들렸다. 이파는 무슨 일인가 싶어 화장실을 뛰쳐나왔다.

거대한 거미 로봇들이 우주 공항 안으로 떼 지어 들어오는 광경에 이파는 저절로 입이 벌어졌다. 시커멓고 딱딱한 갑옷을 두르고 다리 길이가 2미터쯤 되는 거미 로봇은 시스 행성의 용병들이었다. 시스 행성은 무법 행성으로 악명이 높았다. 다른 행성에 대한 테러와 우주 해적질을 일삼았기 때문이다. 그들이 테러를 일으키는 행성에는 반드시 거미 로봇이 출몰했다. 이파는 눈앞에 펼쳐진 광경을 믿을 수가 없었다. 뉴스로만 접했던 거미 로봇이 눈앞에 있다니. 길고 날카로운 다리가 닿는 곳마다 부서지거나 무너져 내리고 있었다. 상황을 파악할 겨를도 없이 이파는 몸부터 피해야 했다.

이파는 기다란 의자 밑으로 기어 들어가 귀를 막았다. 온몸이 부들부들 떨렸다. 갑작스러운 공격에 미처 피하지 못한 로만인들이 바닥에 쓰러져 있었다. 부서진 벽 사이를 비집고 들어온 햇빛이 로만인의 은색 몸체에 반사되어 눈이 부셨다. 이파는 팔을 뻗어 로만인 하나를 뒤집어 보았다. 주황색이었던 두 눈이 검은색으로 바뀌어 있었다. 전원이 나간 로만인을 보자 이파는 사태가 심각하다고 느꼈다. 로만인은 온도 변화와 충격에도 잘 견딜 수 있는 금속 '제다'로 만들어져서 쉽게 꺼질 리 없었다. 거미들은 로만인의 취약한 부분을 잘 알고 집중 공격한 게 분명했다. 조금 있으면 이파 자신도 로만인과 마찬가지 신세가 될 것 같았다.

이파는 우주 여객선을 벗어나지 말았어야 했다고 후회했다. 자신을 기다리며 발을 동동 구르고 있을 부모님을 생각하니 가슴이 먹먹해졌다. 어서 여객선으로 돌아가야 했다. 순간 무언가 타는 냄새가 코를 찔렀다. 뒤이어 공간을 찢는 굉음이 울리더니 와르르 무너지는 소리가 들렸다. 이파는 고막이 찢어지는 고통을 느꼈다. 또다시 아까보다 몇 배나 큰 굉음 소리가 들렸다. 이파의 시야가 회색으로 물들기 시작했다. 이내 암흑이 이파를 집어삼켜 버렸다.

시간이 얼마나 지난 걸까. 정신이 든 이파는 가늘게 눈을 떴다. 눈꺼풀이 바르르 떨렸다. 공항 내부가 희끄무레하게 눈에 들어왔다. 회색이 아닌 본연의 색으로 돌아와 있었다. 회색으로 보였던 까닭은 무엇일까. 그것은 무슨 징조였을까. 이파는 여전히 웅크린 채 의자 밑에 누워 있었다. 다시 눈을 감고 모든 감각을 귀에 집중했다. 아무 소리도 들리지 않았다. 이파는 조심스럽게 의자 밑에서 빠져나왔다. 매캐하고 뿌연 연기가 우주 공항 안에 자욱했다. 부모님은 무사한지 궁금했다. 자신을 찾으러 우주 공항 안을 헤매고 다니는 부모님을 상상했다. 이파는 고개를 가로저었다. 그런 일이 벌어지기 전에 어서 우주 여객선 승강장으로 돌아가야 했다.

바닥은 파괴된 공항 잔해들로 발 디딜 틈이 없었다. 로만 행성의 건축물은 행성 특유의 혹한과 혹서를 고려해 피라미드 축조 방식으로 지어졌다. 돔을 건설하자는 의견도 있었지만 지구의 고대 이집트 문명을 찬양하는 어떤 건설업자의 고집이 작용했다고 한다. 피라미드 형태는 이제 찾아볼 수 없고 크고 작은 석재들만 남았다.

승강장 입구가 보이지 않았다. 잔해 때문에 입구를 찾을 수가 없었다. 익숙지 않은 곳인 데다가 건물마저 무너져 내려 어디가 어디인지 도통 알 수가 없었다. 벽에 기댄 채 쓰러져 있는 로만인 하나가 눈에 들어왔다. 안구를 보호하는 주황색 눈은 박살 났고 한쪽 팔과 다리는 뽑혀 있었다. 다행스럽게도 안구의 빛이 희미하게 깜박이고 있었다. 이파는 그에게 달려가 승강장 입구를 알려 달라고 했다. 로만인의 안구가 이파쪽으로 천천히 움직였다. 그리고 남은 한 팔로 어딘가를 가리

110

켰다. 파손이 심해 승강장 입구라고는 도저히 믿어지지 않는 곳이었다. 하지만 다른 곳 상황도 마찬가지였다. 이파는 주변에 널려 있는 팔과 다리를 재빨리 주워 로만인 옆에 모아 놓았다. 이렇게라도 해 두면 누군가 수리하기에 손쉬울 것 같았다. 이파가 할 수 있는 고마움의 표시였다. 그리고 주저 없이 로만인이 가리키는 방향으로 달려갔다.

부서진 입구 쪽으로 가자 눈에 익은 통로가 나왔다. 통로는 심각하게 파손되지는 않았다. 아마도 거미가 이 안쪽까지 들어오지는 않은 듯했다. 단숨에 통로를 따라 달려갔다. 그런데 우주 여객선이 감쪽같이 사라졌다. 이파는 눈을 의심하지 않을 수가 없었다. 우주 여객선은 크기가 어마어마하게 커서 숨기려 해도 숨길 수가 없는데. 이파는 어안이 벙벙했다. 물어볼 로봇 하나 보이지 않았다. 막막한 나머지 바닥에 털썩 주저앉았다.

'도대체 어디로 갔지?'

그때, 멀리 우뚝 솟아 있는 관제탑이 눈에 들어왔다. 거미들이 관제탑을 공격하지 않은 것은 불행 중 다행이었다.

'관제탑에 가서 물어봐야겠어.'

이파는 관제탑으로 나 있는 길을 따라 달려갔다. 쉬지 않고 달린 탓에 숨이 턱까지 차올랐다. 숨을 거칠게 내쉬며 엘리베이터에 올라탔다. 엘리베이터는 이파를 태우고 꼭대기까지 자동으로 올라갔다. 문이 열리자 대형 화면으로 둘러싸인 원 모양의 관제탑 내부가 한눈에 들어왔다. 그러나 아무리 둘러봐도 로만인은 보이지 않았다. 이파는 실망을 감출 수가 없었다.

"저기요, 누구 없나요?"

이파는 누구라도 와 주길 바라는 마음으로 간절하게 불러봤다. 그러자 계기판 아래에서 얼굴 하나가 불쑥 튀어나왔다.

"으억."

이파는 깜짝 놀라 비명을 지르며 뒤로 자빠졌다. 정말로 누가 나타날 거라고는 예상하지 못했다. 쓰고 있는 모자를 보아하니 로만인 관제사가 틀림없었다. 관제사는 일어나 모자를 고쳐 썼다. 이파는 전원이 켜져 있는 로만인을 만났으니 이제 우주 여객선을 찾는 건 시간문제라는 생각에 달려가 그를 부둥켜안았다. 모든 로만인의 키는 165센티미터로 맞춰져 있어 관제사는 이파보다 조금 작았다. 맡은 일을 수행하는 데 가장 경제적인 키이기 때문이다. 더 커 봐야 금속과 부속품의 낭비일 뿐이었다. 관제사는 일단 이파가 하는 대로 내버려 두었다. 그리고 귀에 달린 번역기 버튼을 눌렀다.

"지구행 여객선은?"

이파는 관제사로부터 떨어져 들뜬 목소리로 물었다.

"출발했다."

관제사 입에 달린 마이크에서 새어 나온 말이었다. 이파는 귀를 의심했다.

"뭐라고?"

"공격이 시작됐을 때 출발했다."

이파는 믿을 수가 없었다. 이파 혼자 로만 행성에 남겨졌다니 그럴 리가 없었다. 부모님이 자기만 두고 출발하도록 했을 리가 없다.

"장난이지?"

"아니다. 어쩔 수 없었다."

로만인의 말투는 감정이 담기지 않아 믿기 힘들었다.

"장난이지?"

다시 물었다.

"아니다."

몇 번을 물어도 똑같은 대답만 돌아올 뿐이었다. 이파는 얼굴이 하얗게 질려 울먹였다.

"어떻게 승객을 두고 떠나!"

"출발하지 않았으면 다른 승객들까지 다 죽었을 수도 있다. 이백오십 명 전부."

"그렇지만 승강장 안으로 들어오는 통로는 멀쩡했어. 거미들이 여객선까지 가지 않았다는 말이잖아!"

"만일의 사태에 대비해야 했다."

이파는 기가 막혔지만 한편으로는 부모님이 무사해서 다행이라고 생각했다. 다시 여객선을 불러 탑승하기만 하면 되는 일이니까.

"여객선은 다시 돌아올 수 있는 거지?"

"그것에 대해서는 모르겠다. 내 권한 밖이다."

"다시 불러 줘."

관제사가 여객선과 교신을 시도하는 동안 이파는 불안한 마음에 입술을 잘근잘근 씹었다. 입술에서 피가 날 지경이었다.

'그깟 기념품 따위.'

이파는 가족용 수면 캡슐 안에 누웠을 때야 여행 중에 산 기념품이 없어졌다는 사실을 알았다. 여객선 탑승 전 화장실에 들렀다가 두고 나온 것 같았다. 캡슐 뚜껑이 닫히려면 시간이 좀 남은 상태였고 시간 안에 돌아올 수 있을 거라 생각했다. 엄마는 뚜껑이 금방 닫힐 것 같으니 안 나가면 좋겠다고 했다. 이파는 고집을 부렸다. 통상적으로 한번 여행한 행성에는 다시 갈 기회가 거의 없다. 우주에서 갈 수 있는 행성은 무수히 많아서 긴 왕복 시간을 들여 가면서까지 다시 방문하지 않기 때문이다. 그러므로 어른이 되어 파견 나갈 일이 없는 한 로만 행성은 생애 마지막 방문이 될 확률이 높았다. 그래서 기념품도 챙겨 오고 핑계 김에 한 번 더 행성 시설을 구경하려고 했다. 그런데 그것이 이렇게 큰 파장을 불러올 줄이야.

관제탑 대형 화면에 우주 여객선의 함장 얼굴이 떴다.

이파는 다급하게 말했다.

"함장님, 다시 오실 거죠? 언제 오실 거죠?"

"현재 연료가 충분하지 않기 때문에 다시 돌아가는 것은 불가능하네."

함장의 말투는 건조하고 딱딱했다. 관제사 역시 로만 행성에서 여객선에 연료를 공급해 줄 상황이 아니라고 했다.

"그럼 어떡하라고요?"

이파는 불안이 밀려왔다. 기념품을 포기하라며 자신을 만류했던 엄마 모습이 자꾸만 떠올라 괴로웠다.

"기다렸다가 다음 물품 보급선을 타고 오게. 지구 시간 기준으로 두 달 후로 잡혀 있네."

"두 달이라니요! 그게 말이 된다고 생각하세요?"

이파는 화를 터뜨렸다. 그렇지만 함장에게 화가 난 건지, 자신에게 화가 난 건지 알 수 없었다.

로만 행성은 지구의 식민 행성이기 때문에 상주 직원 몇 명과 관광객을 위한 물품이 지구로부터 보급된다. 함장이 말한 물품 보급선이란 그것들을 실어 나르는 보급선을 의미했다.

"화를 내는 이유가 납득이 안 되는군. 지구 밖 행성에서 사고가 발생하면 즉각 탈출하라는 지침서 명령대로 대처했을 뿐이네."

함장은 어깨를 으쓱거리며 말했다. 이파는 어이가 없었다.

"보급선이 올 때까지 난 어떻게 해야 하죠?"

"그건 내 알 바 아니라네."

"그때까지 여기서 살아남는 일은 내 몫인가요? 뭐든 알아서 해결하라는 말인가요?"

함장이 고개를 끄덕거렸다. 이파는 걷잡을 수 없이 화가 끓어올랐다. 계기판을 주먹으로 내리치는 것으로도 모자라 발로 걷어차기까지 했다.

"부모하고 똑같군."

이파의 행동을 지켜보던 함장이 이죽거렸다.

"무슨 말이에요!"

"캡슐 뚜껑이 한 개라도 열려 있으면 출발을 못 하는 건 자네도 알잖아. 항의하러 나온 자네 부모를 수면 캡슐에 넣으려고 우리가 얼마나 힘들었는지 아나?"

함장의 말에 이파는 불길한 느낌에 휩싸였다.

"그래서요?"

"안정총을 쐈지. 우리로서도 어쩔 수 없었지. 다른 승객의 안전도 생각해야 하니까."

이파는 목구멍이 꽉 막혔다. 화면을 부숴 버릴 기세로 달려드는 이파를 관제사가 간신히 저지했다.

"으아!"

이파는 눈물을 쏟아 내며 몸부림쳤다. 관제사가 바닥으로 자빠졌다. 함장은 화면에서 사라지고 없었다. 관제사는 재빨리 교신을 시도했으나 여객선 측에서 수신 거부 중이었다. 이파는 눈물이 핑 돌았다. 관제사가 이파에게 다가왔다.

"걱정 마라. 관제탑은 정상 작동 중이고 보급선이 오는 데

문제없다."

관제사의 말은 이파가 의지할 수 있는 유일한 위로였다.

이파는 관제탑 구석에 앉아 생각에 잠겼다. 시작과 끝을 알 수 없는 광활한 우주에 혼자 유영하고 있는 기분이 들었다. 적막한 어둠만 있을 뿐 지탱할 만한 것 하나 없는 곳. 지금쯤 우주 여객선 안에 있었다면 수면 캡슐 안에서 편안하게 자고 있었을 텐데. 그 시간을 박탈당한 것에 대해 누군가를 원망하고 싶었다. 하지만 부모님이 안정총에 맞는 장면이 자꾸 떠오르고 자기가 그런 일을 겪게 했다고 생각하니 가슴 한편을 칼로 도려내는 것 같은 느낌이 들었다.

혼자 자책하는 한편 UE(지구 연합)와 시스족에게 차례대로 원망의 돌멩이를 던졌다. 이파는 UE가 시스족을 자극했기 때문에 시스족이 테러를 가했다고 생각했다. UE가 공식적으로 발표하지는 않았지만 최근에 많은 돈을 투자해서 무언가를 실험하고 있다는 말이 떠돌았다. 혜성의 궤도를 바꿔 다른 목표 지점으로 돌진하게 만드는 실험이란다. 성공하면 혜성에 부딪힐 위험에 놓인 행성을 구할 수도 있지만 시스 행성처럼 UE의 눈에 거슬리는 행성을 박살 낼 수도 있었다. 시스족은 UE에게 실험을 멈추지 않으면 태양계를 공격하겠다고 협박했지만 UE는 그럴 계획은 없다고 발뺌했다. 또 여태껏 시스족은 다른 행성계만 공격했기 때문에 아무도 시스족이 태양계 내에서 일을 벌일 거라고 예상하지 못했다. 그런데 로만 행성이 그 첫 번째 타격 대상이 된 것이다.

"서쪽 끝 사원으로 가 보아라. 내가 알아본 바로는 지구에서 파견 나온 상주 직원들이 사원 주변에서 산다. 그곳에 가면 너에게 필요한 것이 있을 거다."

관제사가 요기가 될 만한 비스킷과 뜨거운 차를 가져다주며 일러 줬다.

관제사 덕분에 미움과 자책, 원망으로 들끓던 마음이 조금씩 가라앉기 시작했다. 어떻게든 두 달만 견디면 되니 그동안 보란 듯이 잘 지내다가 돌아가겠다는 오기가 생겼다.

이파는 관제사 말대로 사원이 있는 곳으로 가기로 했다. 지구인들이 모여 사는 곳이라니 지금 이파의 상황에서는 얼마나 다행스러운지 모른다. 바닷가 모래알 크기의 희망이라도 이파는 붙잡아야 했다. 느닷없이 함장의 얼굴이 떠올라 허공에다 대고 주먹질을 했다. 함장의 얼굴이 고통으로 일그러지는 것 같았다.

"괜찮나?"

관제사가 염려스러운 말투로 물었다.

"응, 그런데 타고 갈 만한 것은 있고?"

이파가 관제사에게 물었다.

"비행기가 있었지만 격납고가 무너져 부서졌다."

"택시는?"

"이런 비상시국에는 택시가 다니지 않는다."

"그럼 보호복은?"

"우리는 보호복을 갖고 있지 않다. 아직은 아침이니 괜찮다. 부지런히 걸어가면 낮이 되기 전에 사원에 도착할 수 있을 거다."

이파는 관제사에게 고맙다는 말을 남기고 관제탑을 내려왔다. 교통수단이 없으면 보호복이라도 입어야 했다. 로만 행성은 태양열이 너무 뜨거워 보호복 없이는 타 죽고 말 것이다. 그렇지만 달리 방법이 없으니 관제사가 한 말을 믿고 빠르게 걷기로 했다.

로만인들도 종교가 있다. 지구의 종교 중에 불교를 받아들여 윤회 사상을 자기 식으로 해석한 후 사원을 지었다. 불교 지도 겸 사원 관리는 지구에서 파견한 승려가 맡았다. 파견 나온 지구인들의 사택이 사원 주변에 지어진 이유이기도 하다. 동쪽의 우주 공항과 서쪽의 사원은 로만 행성의 대표적인 건물이 되었다.

무너진 건물들 사이에서 이파는 제대로 사원을 찾아갈 수 있을지 자신할 수 없었다. 망가진 로만인을 들쳐 업고 분주하게 움직이는 로만인들이 눈에 띄었다. 회로가 정지한 로만인은 전원을 고치고, 떨어져 나간 팔다리는 새로운 것으로 대체하면 되었다. 이파는 다시 태어날 수 있는 로만인을 부러운 눈으로 바라봤다.

갑자기 로만인들이 우왕좌왕하기 시작했다. 갑작스러운 변화에 이파는 무슨 일인지도 모른 채 심장이 먼저 두근거렸다. 그리고 눈을 의심하지 않을 수 없었다. 멀리서 거미 여러 마리가 빠른 속도로 쫓아오고 있었다. 사색이 된 이파는 '잡히면 안 돼!' 하고 속으로 외치며 로만인들과 함께 달렸다. 거미의 날카로운 다리 끝이 로만인의 몸통을 뚫고 나오는 모습이 보였다. 로만인들은 맥없이 쓰러져 갔다. 이파는 애써 못 본 척했다. 그러지 않으면 다리에 힘이 빠져 뛸 수가 없을 것 같았다. 거미들의 눈에서 나온 레이저가 쉴 새 없이 바닥에 부딪쳤다. 시스족이 거미를 새로 업그레이드한 것 같았다. 공항에서는 레이저를 보지 못했기 때문이다.

이파는 반쯤 무너진 건물 안으로 무작정 뛰어 들어갔다. 뒤따르던 무언가가 건물에 쿵 하고 부딪쳤다. 곧이어 벽이 부서져 내렸고, 털이 듬성듬성 난 다리 하나가 건물 안으로 쑥 들어왔다. 거미는 이파를 찾아 다리로 여기저기를 찔렀다. 건물은 계속해서 요동쳤다. 이파를 찾지 못하면 건물을 무너뜨릴 작정인 것 같았다. 이파는 무자비하게 찔러 대는 다리를 이리저리 피했다. 천장에서 떨어지는 돌멩이도 피해야 했기 때문에 힘겨운 사투였다. 거미한테 찔려 죽거나 돌멩이에 맞아 죽거나 둘 중 하나였다. 그때, 건물 기둥 너머로 창 하나가 보였다. 이파는 두 팔로 머리를 감싼 채 잽싸게 그쪽으로 뛰어갔다. 창의 위치는 생각보다 높았다. 간신히 기어올라 밖으로 나갔고 죽을힘을 다해 달렸다. 숨이 머리끝까지 차올랐다.

어두운 그림자가 이파의 머리 위로 드리워지기 시작했다. 아무리 달려도 그림자 밖으로 벗어날 수가 없었다. 위를 올려다봤다. 그물망같이 생긴 눈이 이파를 주시하고 있었다. 소름이 돋았다. 놈이 한쪽 다리를 들어 올렸다가 쏜살같이 이파를 향해 내렸다.

오른쪽부터 차츰차츰 회색으로 물들기 시작했다. 졸음이 밀려오고 사방이 암흑에 잠겼다.

바닥은 거칠고 딱딱했다.

'어디지?'

이파는 가느다랗게 눈을 떴다. 눈이 부셔 제대로 뜰 수가 없었다. 눈에 흙이 들어갔는지 따끔거리기까지 했다. 온몸은 달궈진 것처럼 뜨겁고 땀이 흥건했다. 내가 여기 왜 누워 있는 거지? 이파는 기억을 더듬어 올라갔다.

'쫓기고 있었어. 그다음은?'

이파는 자신이 죽었는지 살았는지 확신할 수가 없었다. 이렇게 죽는구나 하고 생각했고 그다음 순간부터는 기억이 나지 않았다. 공기가 너무 뜨거워 생각의 통로가 막힌 것 같아 일단 일어나기로 했다. 더 누워 있다가는 달걀프라이가 될 지경이었다. 바닥에 손을 짚었다.

"으악, 뜨거워!"

이파는 자기도 모르게 비명을 질렀다. 손바닥을 들여다봤다. 시뻘게진 손바닥을 보며 목숨은 붙어 있다는 걸 알았다. 그리고 더 이상 아침이 아니라는 것도.

로만 행성의 자전 주기는 지구보다 다섯 배 느리다. 낮과 밤의 길이가 지구보다 다섯 배 긴 셈이다. 한낮은 인간이 다닐 수 없을 만큼 뜨겁고 밤이 되면 반대 현상이 일어난다. 로만인들이 모두 기계 인간인 것은 행성의 기후 때문이기도 하다. UE는 로만 행성에 기계 인간을 상주시켜 로만 행성으로부터 자원을 공급받고 관광 수입도 챙겼다. 기후 때문에 관광객들이 도착하는 시간은 이른 아침이어야 한다. 그래야 보호복 없이 오전에 여행을 즐길 수 있다. 한낮에 돌아다니고 싶다면 햇빛 차단 기능이 있는 보호복을 입어야 한다.

거리는 고요했다. 이파는 아비규환 같았던 상황이 머릿속에서 되살아나 몸서리를 쳤다. 거미는커녕 로만인도 보이지 않았다. 하지만 안심할 상황은 아니었다. 위험은 늘 도사리고 있었다.

입 안의 침이 다 말라 목구멍이 달라붙은 것 같았다. 사원까지 걷다가는 오븐 속 고구마 신세가 될 게 뻔했다. 또 언제 거미가 나타날지 몰라 잔뜩 긴장이 됐다. 거리에서 거미와 맞닥뜨리고 보니 사원이 무사한지 확신할 수 없었다. 일단 관제탑으로 돌아가 사원이 어떤 상태인지 파악한 뒤 내일 아침에 출발하기로 했다. 그때까지 거미의 공격이 없다는 전제하에 말이다. 관제탑에 도착하면 갈증부터 달래고 싶었다. 내일 출

122

발할 때는 물과 간식도 준비하고 성급하게 길을 나서지 않기로 다짐했다.

이파는 관제탑이라는 희망을 붙들고 천천히 걸었다. 모래알 크기의 희망조차 없다면 한 발자국도 뗄 수 없는 날씨였다. 아직은 한낮의 절정이 오지 않았지만 어서 이곳을 벗어나는 게 급선무였다. 다 잘될 거라고 스스로를 달랬다. 지구에 돌아가 지금 겪고 있는 고생담을 늘어놓으면 친구들은 대단하다고 감탄사를 연발하겠지. 그렇게 좋아했던 스키 훈련도 그립네. 돌아가면 열심히 대회를 준비해야지. 이파는 그런 상상을 하니 절로 웃음이 나왔다. 지금은 죽을 것 같지만 나중에는 웃으면서 얘기할 수 있을 거야 하며 혼자 다독였다.

문득, 불길한 느낌이 이파를 조여 왔다. 거미들에게 쫓겨 무작정 뛰다가 방향 감각을 잃은 걸까. 제자리에서 한 바퀴 돌아보았지만 어느 곳에서도 관제탑이 보이지 않았다. 어디서든 보이기 마련인 관제탑이 사라져 버렸다. 이파는 힘이 빠져 바닥에 주저앉았다. 조금 전에 나타났던 거미들이 관제탑마저 무너뜨린 게 틀림없다. 관제탑이 있는 한 보급선이든 여객선이든 다닐 수 있다고 했다. 그러니 거미 부대는 퇴각 후 상부로부터 호되게 혼이 났을 테고 그래서 다시 돌아와 마저 쓸어 버렸을지도 모른다.

관제탑이 무너짐과 동시에 희망도 무너졌다. 이파는 지옥도 이보다 더 끔찍하지는 않을 거라고 생각했다. 모든 상황이 자신에게 등을 돌렸다고 확신했다. 혼자 이 상황을 돌파하기에는 역부족이었다. 지구로 돌아가는 기적보다는 죽음이 더 가깝다는 데까지 생각이 미쳤다. 낯선 행성에서 죽는 일은 생각만 해도 끔찍했다.

이파는 처음부터 이번 여행이 내키지 않았다. 이제 부모님을 따라다닐 나이는 지났다. 그럼에도 이파가 따라나선 이유는 학창 시절 중 부모님과 갈 수 있는 마지막 여행이기 때문이었다. 진로 교육이 시작되면 하루도 시간을 내지 못한다. 결과적으로 부모님과의 진짜 마지막 여행이 되어 버릴 줄이야.

기억을 더듬어 관제탑이 있던 방향을 추측해서 가기로 했다. 지금으로서는 이 길이 최선이었다. 운이 좋으면 관제사를 만날 수 있을지 몰랐다. 이파는 뛰기 시작했다. 얼마 못 가 숨이 차오르고 현기증이 일어나 달릴 수가 없었다. 땀은 비 오듯 쏟아졌고 숨 쉬기조차 힘들었다. 햇빛에 노출된 모든 곳이 따가웠다. 이런 날씨에 뛴다는 것은 자살행위나 다름없었다. 이파는 이마에서 떨어지는 땀을 두 손으로 받아 입으로 가져갔다. 혀끝을 갖다 대자 입 안에 짠 내가 훅 끼쳤다. 그래도 한번 더 땀을 받아 혀를 축였다. 그런 노력에도 다리에 힘이 풀리고 한 걸음 내디딜 때마다 휘청거렸다. 이파는 도와 달라고 외치고 싶었지만 목소리라는 것이 온몸의 힘을 응축시킨 후 폭발되어 나오는 것임을 처음 알았다. 이제는 주먹 쥘 힘조차 나오지 않았다.

"누구 없어요?"

자신에게만 간신히 들릴까 말까 한 소리였다. 다리가 꼬여 앞으로 고꾸라졌다. 발목을 삐고 무릎이 심하게 벗겨졌다. 피가 나오는 게 보였지만 아픈 감각조차 무뎌지고 있었다. 관제탑이 있던 자리는 아직도 더 가야 했다. 포기하려는 마음이 드는 그때, 누군가 앞에 서 있는 듯한 느낌이 들었다. 이파는 천천히 고개를 들었다. 눈이 부셔 단번에 알아볼 수는 없었지만 부모님이라는 것을 어렴풋이 알 수 있었다.

"어째서 여기에 있는 거니?"

엄마와 아빠가 번갈아 가며 말하는 소리가 들렸다. 왜 여기 있는지 정말 몰라서 묻는 것일까? 말을 하려는데 갑자기 구토가 나왔다. 토사물이 이파의 앞에 흥건하게 고이더니 몇 겹으로 겹쳐 보였다.

부모님의 몸에서 회색빛이 사방으로 분수처럼 솟구쳐 나왔다. 모든 것이 회색으로 물들어 갔다. 부모님은 순식간에 사라졌다. 회색빛 거리가 빠르게 소용돌이쳤다. 이파는 졸음이 밀려왔다. 순간 이파는 암흑 속으로 빨려 들어갔다.

찬 공기가 이파의 몸을 파고들었다. 이파는 몸을 바르르 떨었다. 웅크린 채 두 팔로 몸을 감싸 안았다. 눈을 뜨니 생각지도 못한 아름다움에 압도당했다. 하늘에 촘촘히 박혀 있는 별들을 누군가 이파에게 쏟아붓는 것 같았다. 아름다움의 극치였다. 아름다움에 취한 것도 잠시, 이파는 또다시 절망에 빠져야 했다. 지구보다 다섯 배나 긴 밤을 견디지 못하면 얼어 죽는 일만 남았다.

이파는 뭔가 이상하다고 느꼈다. 자신이 밤을 맞이했다는 것은 로만 행성의 한낮을 견뎠다는 의미인데 어떻게 그것이 가능한지 의아했다. 지금쯤 바비큐가 되어 있어야 맞는데 아무런 화상도 입지 않았다. 운이 좋았던 걸까. 아까와는 달리 몸도 가뿐하고 갈증도 느껴지지 않았지만 슬슬 배가 고파 왔다. 낮에 배 속에 있던 것들을 다 게워 낸 일이 떠올랐다. 어두워서인지 흔적은 보이지 않았다.

그때, 저 멀리서 몇 개의 불빛이 흔들거리는 게 보였다. 이파는 거미일까 싶어 바짝 긴장했다. 그런데 거미의 발소리보다 가볍고 경쾌했다. 그래도 몸을 낮추고 긴장을 풀지 않았다. 불빛은 정체를 알아볼 수 있을 만큼 가까워졌다. 로만인이었다. 이파는 반가운 마음에 몸을 벌떡 일으켰다. 눈과 가슴팍에 박힌 전원과 손전등이 여러 개의 불빛으로 보였던 것이다. 문득 인간이 만든 로봇도 밤을 밝힐 수 있는데 이 상황을 넘기기 위해 나는 무엇을 할 수 있을까? 도구를 소유하지 못한 인간은 자신이 만든 로봇보다도 못한 존재가 아닐까? 하는 생각이 스쳐 갔다.

로만인은 귀에 달린 번역기 버튼을 누르더니 물었다.

"왜 혼자 있나?"

126

이파는 그동안의 일들을 간추려서 설명했다.

"우주 공항을 복구할 계획인데 지구인도 힘을 보태겠나?"

"나도?"

이파는 자기가 도울 수 있는 일이 있을 것 같지 않았다.

"관제탑과 공항을 복구해야 여객선이 올 수 있다."

"알아."

"어서 가자. 조금 있으면 기온이 급속도로 내려간다. 지구인은 얼어 죽는다."

"죽는 건 무섭지 않아."

이파는 깜짝 놀랐다. 무심결에 튀어나온 말치고는 자기가 한 말인지 꽤나 의심스러웠다. 죽을 고비를 몇 번 넘겨서 무뎌진 걸까?

이파는 로만인이 밝혀 주는 길을 따라 공항으로 향했다. 로만인은 자신은 관제사고 루카라고 부르라 했다. 이파가 만났던 관제사는 실종 상태라고 덧붙였다. 이파는 마음이 아팠다. 이파는 루카에게 자기를 어떻게 발견했는지 물었다.

"레이더망에 포착되었다."

"거미면 어쩌려고?"

"다 구분하는 방법이 있다. 그리고 이제 그것들은 안 온다. 우리 행성에서 볼일은 모두 끝났다."

이파는 루카를 물끄러미 바라보며 걸었다. 이런 게 기적이구나 싶어 순간 울컥했다. 루카가 무슨 일을 맡기든 해낼 것 같았다.

조금 전 거리와는 대조적인 풍경이 눈에 들어왔다. 생각보다 많은 로만인들이 공항 안에 모여 있었다. 백 명은 족히 되어 보였다. 웅성거리는 소리가 공항 안을 꽉 채웠다. 다들 어디서 이렇게 모여든 것일까. 이 많은 로만인들이 뿜어내는 빛을 왜 보지 못한 것일까. 이파는 의아했다.

공항은 형체만 간신히 유지하고 있는 정도로 훼손 상태가 심각했다. 이파는 날카로운 거미 다리의 위력이 떠올라 몸서리를 쳤다. 부수지 못할 게 없어 보이는 강인한 다리였다. 그들을 그냥 두면 이런 일이 반복될 것이다. 루카 말에 의하면 시스 행성에 대해 강력한 대응책을 마련하는 중이란다.

"대응책은 늘 있었잖아? 시스 행성을 날려 버리려고 혜성의 방향을 바꾼다는 말도 있었고."

이파의 말에 루카는 어깨를 들썩거렸다.

"아직 확실한 것은 없다. 조만간 발표가 있을 예정이다."

루카가 팔짱을 낀 채 대답했다. 이파는 조금 실망했다.

"여기서 무슨 일을 해?"

"우선 건물 잔해들을 치워야 한다. 그건 지구인도 마찬가지다. 지금은 모든 인력을 동원해 우주 공항을 다시 세워야 한다."

"건물 잔해를 치우라고? 돌멩이 하나 던질 기운도 없는데."

"저 슈트를 입으면 된다."

루카가 가리키는 곳으로 고개를 돌린 이파는 눈이 휘둥그레졌다.

로봇처럼 생긴 로만식 슈트들이 한쪽 벽을 가득 채우고 있었다. 슈트는 몸 전체를 덮는 구조가 아닌 간단하게 팔과 등 그리고 허리와 다리에 끼우면 됐다.

"이 슈트를 내가 입어 보게 될 줄이야."

"로만인들도 이렇게 큰 힘이 필요한 작업에는 슈트를 입는다. 그래야 속도가 빨라진다."

로만인도 로봇의 힘을 빌린다는 사실에 이파는 놀랐다.

"복구는 언제까지 해야 돼?"

"여객선 일정에 맞춰서 끝내야 한다. 안 그러면 UE의 금전적 손해가 크다."

UE라는 말을 듣자 이파는 함장의 얼굴이 떠올라 화가 치밀었다. 감히 부모님한테 안정총을 쏘다니. 함장을 만나면 꼭 복수를 해 주겠다고 다짐했다. 그래서인지 이렇게 의욕이 넘친 적은 처음이다. 배고픈 것도 잊어버릴 정도였다.

"지휘관님이 모이라고 신호한다."

루카는 이파를 데리고 지휘관 앞으로 달려갔다. 이파는 깜짝 놀라 입이 벌어졌다. 지휘관은 승려복을 입은 지구인이었던 것이다. 지구인을 보자 반가움에 목이 메어 왔다. 금방이라도 지구에 돌아갈 수 있을 것만 같았다. 또 다른 지구인은 없는지 두리번거렸지만 지휘관 외에는 보이지 않았다. 지휘관은 슈트를 입기 전 주의 사항을 마이크를 통해 일러 주었다.

"다들 모였나? 지금부터 안전을 위한 주의 사항을 알려 주 겠다. 하나, 건물 잔해를 옮길 때 시야를 가리지 않을 만큼 적 당히 들어 올릴 것. 둘, 방향을 바꿀 때는 천천히 바꿀 것. 셋, 서로 충돌하지 않도록 주의할 것. 넷, 경보 장치가 작동 중이 지만 안전 사항을 지킬 것."

설명을 마친 지휘관은 모두에게 구역을 할당해 준 다음, 슈 트를 입으라고 했다. 루카의 말에 의하면 슈트는 '리브'라는 재질로 만들어졌다고 한다. 로만 행성에서만 얻을 수 있는 자 원으로 어떤 금속보다도 가볍고 강하다고 했다. 이파는 감청 색으로 코팅된 슈트를 쓰다듬었다.

'시작이 반이라고 했으니까 지구로 돌아가기 위한 여정의 반은 지난 거나 마찬가지야.'

이파는 수백 킬로그램이나 되는 건물 잔해를 힘들지 않게 들어 옮겼다. 이렇게 힘이 세질 수 있다는 것이 신기했다. 서 둘러야 우주 공항이 빨리 완성된다는 생각에 이파는 쉬지 않 고 움직였다. 쿵쿵거리는 소리가 곳곳에서 울려 퍼졌다.

로만인들 틈에서 묵묵히 잔해를 옮기는 루카가 보여 한달 음에 달려갔다.

"루카! 이 슈트 대단한 것 같아!"

이파는 들뜬 목소리로 말했다.

"인간의 몸은 우리와 다르다."

루카는 이파에게 시선도 주지 않고 말했다. 이파는 루카가 무슨 말을 하는지 몰라 멀뚱히 바라봤다.

"우리는 기계 인간이라 끊임없이 움직여도 힘든지 모른다. 그러다 고장이 나도 얼마든지 고쳐서 다시 움직일 수 있다. 인간은 그렇지 않다. 죽는다."

"걱정 마. 하나도 힘들지 않아. 이 슈트가 그렇게 만들어 주잖아."

이파는 싱긋 웃었다.

"슈트는 팔다리가 뇌로 보내는 신호는 차단하고, 뇌에서 보내는 신호만 받는다. 그래서 인간은 슈트를 벗는 순간부터 고통을 느끼게 된다."

"상관없어. 난 어서 우주 공항을 완성해 지구로 돌아갈 거야."

"인간의 마음은 알 수가 없다."

루카는 이 말만 남기고 다른 곳으로 걸어갔다. 이파도 맡은 구역으로 돌아와 다시 잔해를 쌓기 시작했다.

'기계가 인간의 마음을 어떻게 알겠어.'

모두에게 보란 듯이 더 많은 일을 해내기로 했다. 이파는 잔해를 쌓고 또 쌓아 그것을 한꺼번에 들어 올렸다. 쌓은 잔해의 높이는 이파의 머리를 훌쩍 넘겼다. 앞이 보이지 않았다. 첫 번째 주의 사항에 어긋나는 일이었다. 내려놓고 조금 덜어야 하나 망설였다. 그때 요란한 경보음이 울렸다. 이파는 자신이 입고 있는 슈트에서 울린다는 것을 알아차렸다. 경보기는 오른쪽 허벅지 바깥쪽에 달려 있었다. 이파가 경보기 쪽으로 고개를 돌리자 몸이 뒤쪽으로 휘청했다.

순식간에 사방이 회색으로 바뀌었다. 이파는 균형을 잡으려고 애썼다. 그러나 무게 때문에 몸이 뜻대로 움직이지 않았다. 벽이 천장을 잡아당긴다고 생각했으나 곧 몸이 뒤로 넘어가고 있다는 걸 알았다. 뚫린 천장을 통해 하늘이 눈에 들어왔다. 회색의 별들이 빛나고 있었다. 별들 사이로 스키 대회 우승 트로피를 안은 이파 자신과 가족들이 보였다. 케이크 위에서 조용히 타고 있는 촛불도 보였다. 눈 덮인 산비탈을 활강하는 이파가 별들 뒤로 사라져 갔다.

자신을 부르는 루카의 목소리를 들은 것도 같고 아닌 것도 같았다. 곧 별들은 사라지고 암흑이 쏟아졌다.

이파는 잎사귀처럼 가뿐해졌다. 몸이 둥둥 떠오르기를 기다렸다. 이윽고 몸이 지상으로부터 멀어지자 아래쪽을 내려다봤다. 이파가 겪은 일들이 파노라마처럼 지나갔다.

삐익.

신호음이 울리고 헤드폰에서 기계 음성이 흘러나왔다.

"이파 님은 오늘 모두 네 번의 '죽음'을 연습하였고 지금까지 열두 번의 '죽음'을 연습했습니다. 오늘을 끝으로 '죽음 공포'는 완벽히 제거되었습니다. 내일은 수료식 날입니다. 그동

132

안 수고하셨습니다."

이파는 눈을 번쩍 떴다. 심장이 강하게 뛰는 게 느껴졌다.

'수료식?'

반쯤 기대어 있던 몸을 일으켜 헬멧을 먼저 벗었다. 훈련용이라는 문구가 눈에 들어왔다.

'직업 훈련소야.'

비로소 자신이 어디 있는지 깨달았다. 가상 훈련에서 빠져나오는 데 시간이 필요했다. 아주 잠깐이지만 현실과 구분하기 힘들 만큼 생생했으니까. 헬멧을 벗어 의자 앞에 달린 선반 위에 올려놨다. 몸을 고정한 허리 벨트를 풀고 전극이 부착된 시트들을 머리에서 떼어 냈다. 기지개를 켜며 크게 심호흡을 했다.

"어째서 여기에 있는 거니?"

이파는 홱 뒤를 돌아봤다. 아무도 없었다. 가상 세계와 아직 연결 중인가 싶어 시트를 확인했다. 머리에 남아 있는 시트는 없었다. 한숨을 내쉬며 주위를 둘러봤다. 훈련실 안에는 이파 혼자뿐이었다. 나머지 네 개의 의자는 비어 있고 모니터는 오프 상태였다. 같이 왔던 친구들은 모두 끝내고 나간 모양이다. 지금쯤 대기실에서 기다리고 있을 것이다.

문이 열리며 훈련 전에 만났던 조교가 들어왔다. 선반 위에 놓인 리모컨을 누르자 블라인드가 벽 안으로 사라졌다. 창을 통해 햇빛이 쏟아져 들어왔다. 조교의 은빛 안경테가 반짝였다.

"어때, 기분이?"

조교가 이파의 얼굴을 살피며 물었다.

"괜찮아요."

조교는 서명을 하라며 포터블 피시를 이파에게 내밀었다. '훈련 확인서'라고 쓰여 있었다.

"이파도 알지? 훈련 전 검사에서는 우주 전사 되는 건 꿈도 못 꿀 만큼 죽음 공포가 최강이었어. 그런데 지금은 훈련 성적이 모두 최고야. 어떻게 이런 일이 가능한가 생각해 봤어. 결론은 이파 안에 있는 복수심이 너를 완벽한 전사로 만들었다는 것이지. 축하한다."

이파는 쓴웃음을 지으며 '로만 행성 사건'을 떠올렸다. 행성에서 막 이륙하려던 우주 여객선이 공중분해된 사건이다. 시스 행성의 소행이었다. 여객선 안에는 이파의 부모님도 탑승해 있었다.

조교가 1인용 의자를 끌어와 이파와 마주 보고 앉았다. 조교의 눈빛은 진지했다.

"혜성의 궤도를 바꾸는 실험은 실패했어. 대신 시스 행성 초토화 작전을 진행 중인 것 같아. 너는 기술, 전략, 전술 분야에서도 누구보다 탁월했어. 분명 졸업과 동시에 최고 전사의 자격으로 작전에 투입될 거야. 너 같은 인재를 그냥 두면 UE는 손해야. 우리 훈련소 입장에서도 영광이지. 하루라도 빨리 복수를 시작하니 너도 만족스러울 것이고. 스키 그까짓 것보다 훨씬 가치 있는 일이지."

조교가 이파의 어깨를 두들기자 이파는 미간을 찌푸렸다.

"자, 죽음을 두려워하지 않는 자여, 이제 유언장을 작성할 시간이야. 그것만 끝나면 용감한 우주 전사로 한 발 내딛게 되는 거야. 나가서 복도 끝으로 가면 유언실이 나올 거야. 거기 가면 펜과 종이가 있어. 유언장은 자필로 작성해야 해. 형식적인 절차에 불과하지만 쓰지 않으면 작전에 투입될 수 없어."

이파는 확인서에 서명을 한 후, 문 쪽으로 걸어갔다.

"어째서 여기에 있는 거니?"

아빠의 목소리였다.

놀란 이파는 문을 열다 말고 뒤를 돌아봤다. 조교 혼자 서류를 정리하고 있었다.

"무슨 소리 못 들으셨어요?"

"아니, 왜 그러니?"

"아니에요. 제가 본 가상 세계들은 여기서 만든 프로그램인가요?"

"아니. 너의 의지가 만들어 낸 너만의 프로그램이야."

훈련실 밖으로 나온 이파는 유언실이 있는 방향을 바라봤다. 그리고 유언실과는 반대 방향으로 걸어갔다. 벽에 부딪친 햇살은 방향을 바꾼 채 쭉 뻗어 나갔다. 창문으로 들어온 햇살 알갱이가 복도를 넘나들고 있었다. 강렬하고 환희에 찬 알갱이였다. 알갱이 하나가 둥둥 떠다니고 있다. 이파는 손으로 낚아채려는 시늉을 했다. 그때, 어디선가 나타난 한 무더기의 햇살 알갱이가 이파의 눈앞에서 수를 놓기 시작했다.

새하얀 눈이 덮인 끝이 보이지 않는 산비탈, 그곳을 미끄러지듯 날렵하게 활강하는 사람의 모습을.

김유경 ◇ 두려움은 누구에게나 있다. 나는 발상이 떠오르면 이야기로 완성하지 못할까 봐 두렵다. 첫 문장을 쓰기에 앞서서도 두렵고, 초고가 완성이 되어도 두렵기는 마찬가지다. 만약 두려움이 사라지면 막힘없는 글이 나올까? 아마도. 이파가 사용한 기계는 현실에는 없지만 이파가 가상 세계에서 받은 훈련을 나는 긴 시간 동안 현실 세계에서 하는 중이다. 그리고 계속할 것이다. 지금 이 순간도 두려움에 맞서고 있다. 덤벼! 덤비라고!

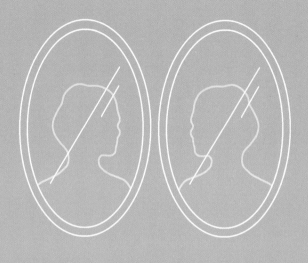

두 번째 열다섯 살,
그 선택

....

허윤

"잘 잤어요? 기분은 좀 어때요?"

본부장이 아침 일찍 찾아왔다. 오늘따라 본부장 가슴팍에 찍힌 알크리오 한국 지부 마크가 유난히 거슬린다. 병원도 아니고 연구실도 아니고 그렇다고 제약 회사도 아닌 다국적 기업. 이곳에서 나는 깨어났다.

"네, 뭐 그럭저럭."

나는 본부장이 마음에 들지 않는다. 내가 자기 사촌 형님뻘 된다며 깍듯하게 존댓말을 쓰는 것부터가 껄끄럽다. 2011년에 태어났으니 나보다 한참 어리단다. 하지만 본부장의 나이가 올해로 쉰다섯. 나이로만 보면 내 아버지뻘이잖아!

"오늘이 생일이더군요. 5월 15일."

"제 생일요?"

"물론 냉동실에서 깨어난 날을 생일로 친다면 이제 겨우 백일 된 아기지만. 하하하!"

안 그래도 머리가 뒤죽박죽인데 본부장만 나타나면 뭐가 뭔지 더 헷갈리고 미칠 것 같다. 풀기 어려운 문제를 던져 주는 느낌이다.

본부장 말대로 나는 냉동 상태에서 깨어난 지 오늘로 딱 백 일이다. 아직도 고통을 잠재우는 약을 먹어야 하고 악몽 때문에 자다가 깨고 연결되지 않는 기억의 조각들이 머릿속을 떠다닌다. 그나마 여러 번의 수술을 거친 뒤라 생명 유지 장치들을 달고 지낼 때보다는 덜 고통스럽다.

"생일 선물은 이따 여기로 보내 드리지요."

본부장이 입꼬리를 올리며 야릇한 웃음을 지었다.

"앞으로 저는 본부장으로서가 아니라 준서 군의 법정 대리인으로서 준서 군을 만나게 될 거예요. 그만큼 준서 군의 몸이 회복되었다는 뜻이기도 하고 또…….'"

"법정 대리인요?"

"준서 군이 세상을 살아가려면 필요한 것들이 아주 많죠. 2065년은 어떤 세상일지 두렵기도 할 테고요. 부모님을 대신해서 제가 책임져 주는 거라고 하면 이해가 좀 될까요?"

내가 멍한 얼굴을 하자, 본부장은 차차 알게 될 테니 걱정 말라는 말을 남기고 방을 나갔다. 나는 희뿌연 창밖으로 고개를 돌렸다. 창문이 큼지막한 이곳으로 옮긴 뒤 유일한 즐거움이 있다면 창밖을 바라보는 것이다. 기대했던 햇살은 거의 볼 수 없지만 말이다. 이따금 싯누런 바람이 몰아쳐 창문을 때리거나 흙비가 내리기도 했다.

　바깥에서 무슨 일이 벌어지든 실내 온도와 습도는 그대로
였다. 늘 '쾌적함' 버튼에 녹색 불이 들어와 있었다. 쾌적한 정
도가 누구에게 맞춰진 것인지 모르겠다. 나는 전혀 쾌적하지
않은데. 특히 오늘은. 어젯밤 꿈이 머릿속을 떠나지 않았다.
죽어 가는 누군가를 부르며 목 놓아 우는 꿈. 자다 깨 보니 얼
굴은 눈물범벅이었고 온몸은 땀투성이였다. 그때도 '쾌적함'
에 녹색 불이 켜져 있었다.

　'하필 생일에 누가 죽는 꿈을 꾸었담?'

　띠링~. 침대 맞은편 모니터에 방문객 얼굴이 떴다. 의사나
간호사, 심지어 로봇 도우미들조차 아무 때나 불쑥불쑥 들어
오는 터라 방문객을 알리는 벨 소리는 무척 낯설다. 모니터
쪽으로 몸을 기울였다. 내 또래의 여자아이가 모니터를 응시
하고 있었다. 너무 뜻밖이라 나는 다시 냉동 상태가 된 것처
럼 몸이 꼼짝도 안 했다.

　"자고 있나 보네. 자! 문 열어 줄 테니 들어가 봐."

　지나가던 로봇 도우미가 내 방문 옆 센서에 손바닥을 대자
스르륵 문이 열렸다. 아이는 망설임도 없이 열린 문으로 불쑥
들어섰다.

　나는 반사적으로 벌떡 몸을 일으켰다.

　"뭐 저런 개념 없는 로봇이 다 있담? 아무한테나 막 열어 줘
도 되는 거야?"

"안녕! 지금 나한테 화내는 거니?"

모니터에 떴던 얼굴이 내 앞으로 훅 다가왔다. 나는 깨어나서 처음으로 심장이 뛰는 걸 느꼈다. 통증으로 뛴 적은 많았지만 지금처럼 북소리가 울리는 기분은 처음이다. 꼭 여자라서 그런 건 아니다. 이곳에서 또래 아이를 만날 거라고는 상상조차 못 했기 때문이다.

"생일이라며? 나도 오늘 생일인데."

"누구……?"

나는 방문객을 따라서 말을 놓아야 할지 높여야 할지 결정 못 하고 어정쩡하게 물었다.

"모빈이야. 성은 아직 몰라. 난 맞춤형이거든. 아! 너는 모르겠구나."

나는 잠자코 있었다.

"여러 개의 난자와 정자에서 조합하고 싶은 유전자만 빼내 만든 아이야. 그런데 난 고객의 요구를 제대로 못 맞춘 불량이래. 결국 반품됐어. 그 뒤로 지금까지 나를 원하는 부모는 없었고."

나는 어떤 표정을 지어야 할지 난감했다. 깨어난 뒤 적응하기 가장 어려운 점이 사람과 로봇을 구별하는 일인데 이번엔 맞춤형이라니! 그리고 물건도 아닌 사람을 반품한다고? 도대체 오십 년 동안 무슨 일이 있었던 걸까?

"거, 겉으론 멀쩡해 보이는데……."

"너 진짜 아무것도 모르는구나?"

모빈이는 침대 옆 의자에 털썩 앉으며 말했다. 그러고는 머리끝부터 발끝까지 나를 찬찬히 훑어보았다.

"나한테 뭐 볼일 있어? 여긴 왜 왔어?"

퉁명스럽게 말을 내뱉고는 금방 후회했다. 본부장이 아닌 다른 사람을 만나 속 시원하게 이야기를 나누고 싶었는데, 그래서 누군가 나타나기를 간절히 기다렸는데, 막상 말은 곱게 나오지 않았다.

"하하하. 내가 네 생일 선물이거든. 본부장님이 오늘 하루 너랑 친구해 주라고 하셨지. 우리 밖으로 나가자."

모빈이가 창밖을 가리키며 활짝 웃었다.

밖으로 나가 보고 싶은 마음이 굴뚝같았는데 막상 나가려니 겁이 났다. 온몸에 주렁주렁 달렸던 생명 유지 장치들을 떼어 낸 지 얼마 안 됐는데 바깥 공기를 마셔도 될까? 제대로 걷기나 할 수 있을까?

모빈이는 벌써 방을 나가 따라오라고 손짓했다.

'에라 모르겠다. 설마 죽기야 하겠어?'

피식 웃음이 나왔다. 죽을까 봐 겁을 내다니!

교통사고로 온몸이 으스러져 죽기 일보 직전, 부모님이 이 회사에 나를 맡겼고 오십 년 뒤 최첨단 의학은 이렇게 나를 살려 놓았다고 본부장이 말했다. 물론 난 기억이 없다. 내 기억엔 죽음의 문턱에 다다른 고통만 가득하다. 너무 지독하고 끔찍해서 차라리 죽어 버리고 싶었던 고통. 그런데도 바깥 공기 따위에 죽음을 떠올리다니. 우스운 일이다. 부모님은 내가 이렇게 허약하고 겁쟁이인 줄 몰랐나 보다. 그렇지 않고서야 어떻게 오십 년 뒤의 세상에 나를 혼자 살려 둘 생각을 했을까?

모빈이를 따라 문을 열 개쯤 지나쳐 겨우 건물 밖으로 나왔다. 희뿌연 하늘이나마 눈으로 직접 보는 게 신기했다.

"우리에게 허락된 곳은 이 정원까지야. 정원 너머에 뭐가 있는지는 나도 몰라. 갓난아기 때 반품되어 돌아온 후 한 번도 나가 본 적 없으니까."

"줄곧 여기서만 살았다고?"

모빈이는 내 말엔 대답도 않고 어디론가 뛰어갔다. 나도 따라 뛰었다. 실내 공기와 달라서 그런지 숨이 차고 기침이 나왔다. 모빈이는 잠깐 돌아보더니 곧장 앞으로 뛰어갔다. 파란 옷의 로봇 도우미들은 곳곳에서 잔디를 깎거나 무언가를 치우고 있었다.

모빈이가 멈춰 선 곳은 거대한 홀로그램이 떠 있는 광장이었다. 홀로그램엔 알크리오의 광고가 돌아가고 있었다. '냉동 인간의 성공적인 해동', '맞춤형 아기' 등의 문구와 함께 두 아이의 얼굴이 교차해서 나왔다. 나와 모빈이였다.

내 얼굴이지만 굉장히 낯설었다. 모빈이는 아기 모습부터 쭉 커 가는 과정이 홀로그램으로 펼쳐졌다.

"네가 이렇게 유명 인사인 줄 몰랐지? 그동안 나 혼자였는데…… 외롭지 않아서 좋네."

모빈이는 씁쓸한 웃음을 지었다.

"우리 생일 기념으로 끝내주는 사고 하나 쳐 볼까?"

모빈이가 반짝이는 눈으로 나를 돌아보았다. 나는 그냥 어깨를 으쓱해 보였다. 이곳에서 사고를 치는 게 가능이나 할까 싶었다.

모빈이가 갑자기 내 손을 덥석 잡고 얼굴을 바짝 들이댔다. 예상치 못한 행동에 나는 또 얼음이 되고 말았다. 사고라는 게 이런 종류인 줄은 미처 몰랐다.

"야! 너도 바깥세상이 궁금하지? 어떻게 되나 한번 나가 볼래?"

일단 이상한 사고는 아니라 마음이 놓이면서도 묘한 실망감이 들었다.

"마음대로 그래도 돼? 한 번도 나가 본 적 없다며?"

"항상 여기까지만 왔었어. 가상 현실로는 수없이 나가 봤지만 진짜 그러고 싶은 마음은 없었거든. 오히려 나가게 될까 봐 두려웠어."

모빈이 얼굴은 슬픈 것도 같고 두려움에 떠는 것도 같았다.

'반품된 이유가 뭘까?'

나도 모르게 모빈이를 빤히 쳐다보았다.

"왜, 겁나? 하하하. 사고는 다음에 치자. 생일은 또 돌아오니까……."

모빈이는 아무렇지 않은 척 금방 얼굴빛을 바꾸었다.

투두둑, 투두둑. 빗방울이 떨어졌다. 우리는 건물 안으로 뛰어 들어갔다. 그리고 싸우고 나서 어색해진 친구처럼 말없이 각자의 방으로 돌아갔다.

친구……. 왠지 가슴을 뻐근하게 하는 말이다. 마음이 아프다. 모빈이의 슬픈 얼굴 때문일까?

생일은 시시하게 지나갔다. 하지만 그날 이후, 모빈이와 나는 '친구' 같은 사이가 되었다. 본부장 흉을 보기도 하고 로봇들 흉내를 내며 깔깔거리기도 하고 괜히 건물 안을 어슬렁거리기도 했다. 몸이 회복될수록 급격하게 찾아드는 두려움과 외로움을 모빈이 덕분에 어느 정도 견뎌 내고 있었다.

본부장은 예고했던 대로 법정 대리인으로서 나를 찾아왔다. 액정을 들이대며 서명하라고 하거나 지문 인식을 위해 손가락을 대라고 했다. 대부분 계약서들이었는데 자세히 물어보지는 않았다. 모두 부모님의 뜻이라고 해서 무조건 본부장이 시키는 대로 했다.

본부장은 내 몸이 거의 다 회복되었다고 했지만 나는 믿어지지 않았다. 더 자주 악몽을 꾸고 기억의 조각들은 더 많이 떠다녔다. 악몽은 늘 죽어 있는 누군가를 붙잡고 우는 것으로 시작했다. 교통사고 현장인 걸로 보아 아마도 내가 죽은 게 아닐까 싶지만, 죽은 사람 곁에서 목 놓아 우는 것도 나 자신이니 이해할 수 없는 꿈이었다.

순간순간 떠오르는 기억들은 퍼즐 조각 같다. 이걸 다 맞춰야 내 머릿속도 말끔해질 텐데 말이다. 학교에서 혼자 우두커니 앉아 있는 아이 뒷모습, 커다란 거실에 혼자 앉아 라면을 먹는 아이 뒷모습, 지갑에서 몰래 돈을 꺼내는 아이 뒷모습, 아이들에게 둘러싸여 쩔쩔매는 아이 뒷모습. 왜 뒷모습만 보이는 걸까? 그 아이는 모두 나일까? 답답하고 무서웠다.

그러거나 말거나 본부장은 나를 많은 사람들 앞에 세웠다. 생명 연장 재단과 냉동 인간 학회에 참가해 해동된 나를 공식적으로 발표하는 자리였다. 그리고 완벽하게 정상인이 되었다는 찬사를 들었다. 물론 찬사는 본부장 몫이었다.

일주일 뒤엔 비행기를 타고 가서 더 많은 사람들과 만나게 될 것이라고 했다. 내가 서명한 것이 이에 대한 동의였나 보다. 부모님도 이런 걸 알고 날 맡긴 걸까.

모처럼 휴식 시간이 주어졌다. 오랜만에 모빈이와 마주 앉았다.

"비행기까지 탄다고? 우아, 너 성공했다!"

"성공은 무슨. 넌 그동안 뭐 하고 지냈어? 아직 사고는 안 쳤고?"

"굳이 사고 안 쳐도 조만간 여길 나가게……."

쾅! 콰광! 굉음과 함께 건물이 조금 흔들렸다. 우당탕탕탕. 사람들 발소리가 뒤를 이었다.

146

"또 지진인가?"

모빈이는 일상이 돼 버린 지진에 별로 놀라지도 않고 익숙한 일인 듯 문을 열었다.

콜록콜록. 복도를 꽉 채운 뿌연 연기가 확 밀려 들어왔다. 불이 났다면 화재경보기가 작동했을 텐데 이상한 일이었다. 모빈이는 내 손을 잡고 현관 쪽으로 뛰었다. 현관문은 이미 막혀 있었다. 우왕좌왕하는 로봇 도우미들 사이에서 모빈이와 나도 어쩔 줄을 몰랐다.

"이쪽으로!"

모빈이는 무언가 생각난 듯 좁은 계단으로 나를 끌었다. 꾸불꾸불한 계단을 올라가 작은 문을 열고 들어갔다. 한 사람이 겨우 지나갈 정도의 좁다란 길을 따라가니 사방이 벽인 막다른 곳이 나왔다. 모빈이가 망설임도 없이 벽을 힘껏 밀자 삐걱하며 벽이었던 곳이 열렸다. 그리고 커다란 방이 나타났다. 몇 번 와 본 적 있는 곳, 바로 본부장 사무실이었다. 우리가 나온 곳은 책장 하단의 여닫이문이었다. 사무실 한쪽 벽면을 꽉 채운 거대한 책장에 비밀 통로가 숨어 있던 것이다.

"어, 어떻게 된 거야?"

"십 년 넘게 여기서 살았는데 이런 비밀 통로 하나쯤은 알고 있어야지. 안 그래? 그나저나 무슨 일이지?"

"로봇만 우왕좌왕이고 사람들은 하나도 안 보여."

"야, 너랑 나도 사람이다 뭐!"

"지금 농담할 때냐?"

그 순간 우리가 들어왔던 작은 문으로 누군가 불쑥 들어왔다. 우리는 너무 놀라 까무러칠 뻔했다.

"누구세요? 이 통로는 어떻게 알았어요?"

모빈이는 비밀 통로를 알고 있는 사람이 또 있다는 사실에 놀란 듯했다. 하지만 나는 그 사람이 노인이어서 더 놀랐다. 지금까지 이 건물에서 본부장보다 나이가 많아 보이는 사람은 한 번도 본 적이 없다. 갖가지 시술과 주사로 다들 젊음을 유지했기 때문이다.

노인은 모빈이를 찬찬히 살피더니 대견하다는 듯 고개를 끄덕였다. 그러고는 나를 돌아봤다. 점점 커지는 눈동자, 흔들리는 눈동자, 분노가 담긴 눈동자. 왜 나를 그런 눈으로 보는지 알 수 없었다. 노인은 낄낄낄 기분 나쁘게 웃었다.

"할아버지는 누구냐고요?"

"어차피 만날 거지만 이렇게 빨리 보게 될 줄은 몰랐네."

모빈이가 소리를 높였지만 노인은 본부장 컴퓨터와 책상을 뒤적이며 건성으로 대꾸했다. 그리고 재빨리 창밖을 내다보았다.

"알크리오의 실상을 파헤쳐 세상에 알릴 기회였는데, 다들 용케 피했구먼."

노인의 등판에는 '생명 존중, 인권 존중'이라는 문구가 적혀 있었다. 로봇 도우미들이 입는 파란색 작업복인 줄 알았는데 무슨 단체에서 입는 유니폼인 모양이었다.

"무슨 일이에요?"

"멍청한 본부장. 서류만 없애면 증거가 사라질 줄 아는 모양이군. 중요한 증거는 이렇게 남겨 두고 말이야. 허허!"

모빈이가 묻는 말에 대답은 않고 노인은 우리를 번갈아 보며 알 수 없는 말을 했다.

"우, 우리가 증거라니요?"

나는 우리를 물건처럼 대하는 노인의 말에 기분이 나빠서 따지듯 물었다.

"너희가 바로 알크리오가 서슴없이 자행하는 인권 말살의 증인이라는 뜻이야. 실험실에서 태어나 온갖 합병증에 걸린 아기들을 해외 입양시키는 것도 모자라 끝까지 팔리지 못한 아이들은 처분소로 보내고 요즘엔 해동 기술 광고에도 열을 올린다지?"

"아! 그럼 할아버지가 처분소의 그 박사님? 뉴스에서 많이 봤어요. 저도 곧……."

노인은 모빈이 말을 끝까지 듣지도 않고 좀 전에 들어왔던 문으로 다시 나갔다. 문이 닫히기 직전에 노인이 고개만 빼꼼 내밀며 말했다.

"화재도 지진도 아니야. 모든 게 금방 제자리로 돌아갈걸? 무슨 일을 시작하기엔 지금이 딱이지."

노인은 말이 끝나기가 무섭게 밖으로 사라졌다. 기분 나쁜 노인이었다. 알아듣지 못할 말만 늘어놓고 혼자 도망가다니!

"저 할아버지 알아? 도대체 뭐라고 하는 거야?"

모빈이는 뭔가 골똘히 생각하는 눈치였다.

"야! 내 말 안 들려?"

"그래! 지금이야, 지금!"

조용하던 모빈이가 낮게 소리쳤다. 그리고 나를 똑바로 바라봤다.

"넌 어떻게 할래? 난 결심했어. 지금 사고 치기로!"

"뭐? 너 미쳤어?"

"그럼 난 이만."

모빈이는 작은 문을 열고 뛰어나갔다. 나도 반사적으로 뒤를 따랐다. 어떻게 하겠다는 생각 같은 건 떠오르지 않았다. 앞서가는 모빈이를 따라갈 뿐이었다.

굳게 닫혔던 현관문은 활짝 열려 있었다. 정원엔 도우미조차 보이지 않았다. 정원 끝으로 가니 작은 건물이 하나 있었다. 건물 옆으로는 낭떠러지라 건물을 통해서만 다른 곳으로 갈 수 있는 구조였다. 낭떠러지 아래는 바다였다. 한 번도 이곳이 바닷가일 거라는 생각은 못 했다. 바다 냄새도 안 났고 수평선도 안 보였으니 당연했다.

건물은 로봇 보초병들이 지내는 곳인 듯했다. 서너 명의 보초병들은 우리를 바라봤다. 집단 최면에라도 걸린 것처럼 죄다 멍한 눈빛이었다. 뭔가 문제가 있어 보였다.

150

"틀림없이 아까 그 연기가 로봇들을 마비시켰을 거야. 지금이 기회라고!"

모빈이는 콧노래라도 부를 기세였다.

"뭐야? 이렇게 밖으로 나가기 쉬운데 십 년 넘게 한 번도 안 나갔단 말이야?"

"기회는 몇 번 있었어. 용기가 없었을 뿐이지."

건물 뒤는 의외로 야트막한 산이었다. 나는 묵묵히 모빈이의 뒤를 따랐다. 모빈이는 망설임도 없이 빠른 걸음으로 어딘가를 향했다. 목적지가 있는 것처럼.

땀이 흥건하고 숨이 턱에 차도록 걸었다. 야트막해 보였지만 몇 등성이를 넘다 보니 꽤 깊은 산에 이르렀다. 마지막 등성이를 오른 나는 머리가 깨질 것처럼 아팠다. 두통이 시작되었다.

"왜 그래? 어디 아파?"

내가 머리를 감싸고 주저앉자 모빈이가 다가와 물었다. 약을 먹으면 일이 분 내에는 가라앉는 통증이었다. 나는 한 번도 이 고통을 약 없이 그냥 넘겨 본 적이 없었다.

두통은 이제 숨통까지 조여 왔다. 가슴이 터질 듯 아팠다. 이대로 기절해 버리면 모빈이는 어떻게 할까? 본부로 돌아가 사람들을 불러올까? 그냥 버려두고 혼자 가 버릴까?

"숨을 크게 쉬고 편안하게 누워 봐."

모빈이는 침착했다. 본부로 돌아갈 생각 같은 건 없어 보였다. 나는 통증이 온몸으로 번져 가는 걸 느꼈다. 뼈 마디마디가 조각나는 것 같은 통증이었다. 그러면서 어떤 장면이 떠올랐다. 밤에 꾸는 악몽과 비슷했다.

피를 흘리고 누워 있는 아이. 구급차가 보인다. 아빠다! 아빠는 눈물을 보이지 않는다. 엄마 얼굴도 보인다. 오열하는 엄마……

아빠, 엄마가 등장하는 기억이 떠오르면서 차츰 고통도 가라앉았다. 시간이 지나서 그런 건지, 고통에 익숙해져 무뎌진 건지 알 수 없었다. 모빈이는 그것 보라는 듯 의기양양한 얼굴이었다.

"어때? 좀 괜찮아졌어? 앞으로는 너무 쉽게 약 먹지 마."

모빈이는 엉덩이를 툭툭 털며 일어났다. 기가 막혔다. 누구는 죽을락 말락 사투를 벌이고 있는데. 달리기하다 넘어진 아이 일으키듯 아무렇지 않은 모빈이가 차갑게 느껴졌다.

"너는 상상도 못 할 고통이야. 쉽게 말하지 마."

"어떤 고통인지는 몰라도 그런 아이들은 많이 봐서 좀 알지."

"그런 아이?"

"너처럼 냉동실에서 깨어나 고통스러워하며 약 없이는 잠시도 못 견디다 결국 영원히 잠드는 아이들. 그래도 너는 잘 견뎌 냈잖아."

나는 소름이 끼쳤다. 모빈이가 본부장이라도 되는 듯 노려

보았다.

투투투, 트트트. 머리 위로 드론 수십 개가 떴다.

"엎드려!"

모빈이가 내 머리를 세게 눌렀다. 나는 웅크려 앉아 두 손으로 머리를 감쌌다. 덜덜 떨려 아무 소리도 못 내고 모빈이 쪽으로 고개만 돌렸다. 모빈이는 의외로 담담해 보였다.

"뛰어!"

우리가 움직이자마자 드론이 파리 떼처럼 따라왔다. 나는 무조건 모빈이만 보고 뛰었다. 몸을 숨기기 위해 최대한 나무가 우거진 곳으로 뛰었다. 하지만 벼랑 끝까지 와 버렸다.

바다 냄새가 나지 않았듯이 파도 소리도 들리지 않는 짙푸른 바다가 출렁거렸다. 익숙한 공포가 몰려왔다. 목 뒤가 서늘하고 빳빳했다. 단지 공포 때문만은 아니었다. 누군가에게 정말로 뒷덜미를 잡혔다.

"쉿!"

내 뒷목을 틀어쥔 사람이 명령을 내렸다. 어차피 아무 소리도 나오지 않았다. 그 손이 움직이는 대로 내 몸은 순순히 따랐다. 벼랑에서 뒤로 몇 걸음, 그리고 옆으로 몇 걸음. 여전히 눈앞은 바닷가 벼랑. 다리가 후들거렸다. 작은 반항의 몸짓조차 엄두가 나지 않았다. 뒷목을 잡은 손은 망설임도 없이 나를 확 밀어 버렸다.

으악!

떨어지는 그 순간이었을 거다. 내 머릿속의 안개가 모두 걷힌 건. 벼랑 끝에 선 열다섯 살의 소년. 그 소년이 보였다.

아파트 옥상 난간에서 떨어지지도 못하고 내려서지도 못하고 덜덜 떨며 오줌을 지리던 오준서. 멋지게 죽고 싶었는데. 그랬다. 나는 자살을 했다. 하지만 십오 년 동안의 내 삶이 그랬던 것처럼 자살 역시 성공적이지 못했다. 코앞까지 왔던 죽음을 걷어 간 건, 아니 오십 년 뒤로 단지 유예시킨 건 돈과 과학이었다. 부모님은 사고로 위장하고 어떻게든 살리고 싶었을 것이다. 왜? 그것까지는 모르겠다. 길바닥에 뿌리고도 남을 돈으로 나를 냉동시켰을 테고 나머지 일들을 처리했을 것이다. 돈으로 해결할 수 있는 모든 걸 했을 테니 말이다.

오십 년이 지난 지금의 나는 여전히 열다섯. 그리고 또 벼랑에서 떨어졌다. 이번엔 성공한 걸까?

"정신이 좀 들어?"

모빈이 목소리였다. 꿈이라면 악몽이 아니어서 다행이다.

"겨우 거기서 떨어졌다고 기절을 하냐? 아직도 해동이 덜 된 거 아냐?"

모빈이가 킥킥거리며 나를 흔들었다. 그 웃음소리가 기분 나빠서 나는 할 수 없이 눈을 떴다.

"사람이 죽었을지도 모르는데 웃음이 나와?"

"내가 왜 반품됐는지 아니?"

"혹시 싸가지가 없어서냐?"

"빙고!"

나는 조금 미안해져 괜히 두리번거리며 딴청을 피웠다.

"여기가 어디지?"

언뜻 둘러본 실내는 어둡고 눅눅하고 초라했다. 살림살이라 곤 작은 식탁과 낡은 침대뿐이었다. 조그만 창에서 들어온 빛이 겨우 실내를 비추고 있었다.

"너를 우리 집에서 보게 될 줄은 몰랐다."

앗! 아까 본부장 사무실에서 본 노인이었다.

"저를 벼랑에서 밀어 버린 사람이 할아버지예요?"

"으허허. 벼랑?"

노인은 숨이 넘어갈 듯 웃었다. 모빈이도 깔깔깔 웃느라 정신이 없었다.

"지저분하고 낡은 이 마을을 감추기 위해 눈가림용으로 만들어 놓은 거야. 말하자면 환경 미화라고나 할까?"

홀로그램을 교묘히 이용해서 바닷가처럼 꾸며 놓은 것에 내가 깜빡 속았던 거다. 다들 오십 년 뒤에 깨어난 냉동 인간도 아닌데, 나 말고 누가 또 속는다고 이런 짓을 해 놓았는지 이해할 수 없었다.

산자락 끝은 바다가 아니라 작은 마을이었다. 이곳만 봐서는 2065년의 도시처럼 느껴지지 않았다. 오십 년 전의 도시보다 더 작은 느낌. 완전히 시골이었다.

창밖으로 보이는 사람들은 거의 노인이었다. 쭈글쭈글한 피부에 거무튀튀한 잡티가 뒤덮인 얼굴, 하얀 머리카락, 꾸부정한 허리. 본부에 있는 사람들은 모두 팽팽하고 생기가 넘쳤는데 이 마을엔 그런 사람이 보이지 않았다.

'나도 냉동되지 않은 채로 쭉 살았다면 이 사람들처럼 늙었을지도 몰라. 그래도 이건 너무 심한 거 아냐? 백 살도 넘어 보이는데.'

"오존층이 파괴된 지 오래라 자연 그대로 살면 모두 이렇게 노화가 빨리 진행돼. 오준서! 너도 냉동 아니었으면 아마 나처럼 늙었겠지."

노인이 내 마음을 꿰뚫어 보듯 말했다.

"저를 아세요?"

"야! 너를 누가 모르냐? 그렇게 대대적으로 광고를 해 대는데."

모빈이가 끼어들었다.

노인은 말없이 내 얼굴만 빤히 봤다.

나는 눈을 내리깔았다. 나에 대해 모든 걸 알고 있는 것 같은 노인이 왠지 두려웠다. 무엇보다 나를 싫어하는 것 같아서 불편했다. 어색한 침묵을 깨기 위해 얼른 모빈이에게 말을 걸었다.

"근데 너는 왜 반품된 거야? 농담 말고 진실."

하필 이런 심각한 얘기를 지금 꺼내다니, 나도 참 눈치가 없는 놈이다. 하지만 모빈이는 대수롭지 않게 말을 꺼냈다.

156

"맞춤형 아이들은 외모나 성격이 거의 비슷해. 공부 잘하고 사춘기 없고 당연히 큰 말썽도 없고. 그냥 쑥쑥 자라기만 하면 돼. 그런데 알크리오에선 개성 있고 독특한 아이를 만들고 싶어 했어. 소수의 까다로운 고객들을 위한 값비싼 상품이지. 키우는 맛이 적당히 있는 그런 아이. 남들과 구별되는 맞춤형 아이. 하지만 내가 태어나게 된 거고."

"그렇다면 성공 아닌가? 넌 충분히 개성 넘치는 아이이니까."

"맞춤형 아이의 원칙은 키우기 힘들면 절대 안 돼. 그런데 나는 너무 많은 에너지를 필요로 한대나 뭐라나. 제멋대로에 고집불통! 아기 때부터 그랬나 봐. 하하."

가만히 있던 노인도 같이 껄껄 웃었다.

"난 곧 처분소로 보내질 거였어. 열다섯 살 생일이 지나면 연구소에서 내보내거든. 처분소는 나같이 반품된 아이들만 모여 사는 곳이야. 온 나라의 범죄는 다 그곳에서 일어난다는 얘기를 들은 적이 있어. 그만큼 제정신으로는 살기 힘든 곳이지."

"그럼 나도 그곳으로 가는 거였니?"

"넌 달라. 맞춤형이 아니잖아. 게다가 이용 가치가 많지. 성공적인 해동이 이루어졌다고 광고도 해야 하고. 더 성공적인 해동 기술 연구를 위해 네가 꼭 필요하지. 아마 넌 죽을 때까지 떠나지 못했을걸?"

나는 모빈이의 마지막 말에 소름이 돋았다. 그곳에서 생선

가시 발리듯 다 발릴 때까지 갇혀 지낼 수도 있었다고 생각하
니 숨이 막혔다.

나와 모빈이가 이야기를 주고받는 사이, 노인은 잠시 나갔
다가 들어왔다. 손에는 오래된 사진이 들려 있었다. 화면도 아
닌 종이에 인화된 사진. 오십 년 전에도 흔치 않은 사진이었
다. 이 사진은 왜 가져온 걸까.

모빈이와 나는 신기한 걸 보듯 들여다봤다. 내 눈은 점점
커졌다. 사진 속엔 낯익은 얼굴이 있었다. 바로 나! 구석에서
한 아이와 장난스럽게 손가락 브이를 그리고 있는 아이. 기억
이 스멀스멀 솟아났다. 열한 살쯤이었을 거다. 학교에서 단체
로 동물원에 갔을 때 찍은 사진이다.

나는 입을 딱 벌리고 노인을 올려다봤다. 노인은 사진 속
내 옆의 아이를 가리켰다.

이승명. 나랑 제일 친했던 아이.

"그게 나야."

노인이 웃었다. 아니 승명이가 웃었다. 웃을 때 보이던 덧니
가 있다, 이 노인에게도.

노인이 나직나직 뭐라고 이야기를 했지만 내 귀에는 하나
도 들어오지 않았다. 그저 승명이랑 신나게 놀던 일, 하지만
중학생이 되어 승명이를 외면하고 다른 아이들과 어울렸던
일, 그러다 혼자가 되고 옥상까지 올라갔던 일이 눈앞에 펼쳐
졌다.

"내가 문자도 보냈는데. 힘들면 나한테 오라고. 너는 끝까지 내 도움을 뿌리쳤어."

"그, 그건 도저히…… 너무 미안하고……."

투투투투. 트트트트.

"어떡해! 여기까지 쫓아왔어!"

모빈이가 소리쳤다. 드론이 마을까지 수색하는 모양이었다. 마을 사람들은 모두 집으로 들어가 문을 닫았다. 거리엔 아무도 없었다. 노인은 모빈이에게 출발하자고 했다. 모빈이는 처분소에서 탈출한 아이들을 보호하는 곳으로 간다고 했다. 내가 기절했을 때 갈 곳을 정해 놓은 모양이었다.

"그럼 나는?"

맞춤형 아이는 그래도 갈 곳이 있구나 싶어 모빈이가 부러웠다.

"다시 본부로 가고 싶으면 가. 내 꼬임에 넘어갔었다고 하면 문제없을 거야. 너는 그곳이 더 살기 좋을걸?"

"네 일 아니라고 그렇게 막말하기냐?"

나도 모르게 화를 냈다.

"또다시 이렇게 됐어. 선택은 항상 네 몫이야. 네 삶이잖아."

노인, 아니 승명이의 말이 가슴을 철렁하게 만들었다. 다시 옥상에 올라 까마득한 아래를 바라보는 느낌이었다. 포위망을 좁혀 오는 드론은 두렵지 않았다. 내가 해야 할 선택이 두려울 뿐이었다. 사실 난 그때 누군가 손을 내밀어 주길 간절히

바랐는지도 모른다. 그러니까 떨어지는 순간 살고 싶다는 욕
망이 불쑥 솟았던 게 아닐까. 절실하게 살고 싶었던 나를 너
무 늦게 발견했던 게 아닐까. 그러면 지금은?

"2065년의 세상도 알크리오도 다 무서워."

"오십 년 전의 너도 그랬지. 그래서 뛰어내렸을 거야."

승명이의 차분한 목소리에 나는 온몸이 덜덜 떨려 왔다. 아
무리 힘을 주어도 떨림은 멈추지 않았다.

나는 승명이의 손을 덥석 잡았다. 그리고 모빈이의 손도 움
켜잡았다.

절대 놓치지 않도록 꼭.

허운 ◇ 로봇이 제아무리 많은 일을 해도 결국 인간이 할 수밖에 없는 일이 있다. 선택하는 일이
다. 우리는 늘 선택의 순간에 놓인다. 흔히들 '순간의 선택'이라고 하지만 순간에 이루어지는 선택
은 없다고 생각한다. 오래 쌓여 온 사고와 가치관이 찰나에 폭발하는 것일 뿐. 수많은 선택이 모여
또 다른 선택을 하고 그 과정이 쌓여 나만의 '빅 데이터'가 만들어지는지도 모른다. 그것이 가리키
는 방향을 잘 보면 앞으로 내가 할 선택도 보이지 않을까. 혹여 미래를 저당 잡히는 방향이라면 이
제라도 방향을 틀자. 과감히! 내 빅데이터를 믿고 말이다.

엄마의 계절

········

(임우진)

"무슨 말을 어떻게 해야 할지 모르겠다."

엄마가 손끝으로 내 손등을 문지르며 말했다. 우리는 천천히 병원을 나섰다. 햇살과 바람이 따뜻하고도 시원했다. 엄마가 가르쳐 준 계절, 봄이었다.

"우리 걸어서 가요."

내가 조금 앞서가며 흥얼거렸다. 엄마가 시작하면 내가 따라 부르던 노래였다. 내가 아주 어렸을 적, 엄마는 작은 마당에 온실 하나를 지었다. 그 안에서 우리는 감자를 키웠지만 노래 부르며 노는 시간이 더 많았다. 엄마는 내가 알아야 할 거의 모든 것들을 노래로 만들어 냈고 나는 조그만 밭 위를 뛰놀며 많은 것을 배웠다. 온실 안이 우리 체온으로 따뜻해질 때쯤, 내 마음은 노랫소리를 따라 온실 밖 하늘을 날아다녔다. 추운 날도 더운 날에도 나는 늘 봄바람이었다.

나는 태어난 지 석 달째에 버려졌다. 플라나리아 실험처럼 수많은 '내'가 만들어지고 죽었다. 손쉽게 만들어진 아기들은 특정 유전자 복제 기술별로 비슷한 얼굴과 몸집을 갖게 되었다. 복제된 우리는 '인간 아기'로서 기능상 아무런 문제가 없었다. 오히려 유전자 복제나 교정도 없이 자연 임신으로 태어나 자란 애들보다 지적·신체적 능력이 더 뛰어난 경우가 많았다.

나와 같은 계열의 복제 아기들은 최신 기술이 집약된 Cx 유전 정보를 갖고 있었다. 그 이전, Cw 계열까지는 점점 더 뭐든 빨리 배우고 빨리 자라고 병에 걸리지도 않으며 심지어 아무거나 잘 먹고 잠도 잘 자게끔 업그레이드되었다. 결국 기르기에 너무 쉽다는 불평과 함께 저렴한 사육 로봇이 재유행하는 일이 벌어졌다.

Cx 계열 복제 아기는 그런 불평을 단번에 해결한 버전으로 알려졌다. 보채고 아프고 토하는, 세심한 보살핌이 필요한 아기. 그야말로 자연 출생된 아기와 다를 바 없는, 천천히 자라는 아기였다. 광고 문구도 '새로운 가치를 지닌 버전 Cx. 진짜 아기를 키워 보세요.'였다. 잠깐이었지만 기술자들은 '마침내 완전한 신이 되었다.'는 과학계의 칭송을 들었다.

기술자들은 부모가 될 사람들로부터 예약을 받은 뒤 아기를 복제하고 아기의 신체 기능이 자리 잡기 전 모든 검사를 진행했다. 검사가 끝나기 전까지 아기들에게는 고유 번호조차

붙이지 않았다. 고유 번호 없이는 '인간'도 '생명'도 아니었다. 결함이 있으면 그것들은 거리낌 없이 버려졌다.

반면 검사를 통과해 고유 번호를 받은 복제 아기는 양육자로부터 새 이름을 얻음과 동시에 등록되어 보호받았다. 아기가 열일곱 살이 될 때까지 보호자에게는 법적 책임이 따랐으며 아이를 해코지하거나 방치하면 처벌을 피할 수 없었다.

입양이 약속된 우리는 검사를 통과해 Cx-31에서부터 Cx-42까지 고유 번호가 매겨졌다. 그다음은 아기를 찾으러 온 부모가 이름을 불러 주며 데려갈 순서였다. 그러나 그들은 오지 않았다. 뿐만 아니라 Cx 복제 아기를 예약하려는 사람도 더 이상 나타나지 않았다. 큰 놀라움을 안겨 줬던 Cx의 발명은 사업상 실패였다. Cx들의 호르몬 조절과 감각 능력이 자연 임신·분만된 아기와 백만 분의 일도 다르지 않다는 것이 이유였다. 민감한 Cx 아기들은 너무 보챘고 아무 때나 싸 댔으며 시시때때로 아프고 심지어 엄마 젖꼭지 대신 물린 실리콘을 퉤, 뱉어 내기도 했다. 아기를 낳고 싶지 않은 중성인이나 직접 아기를 낳아 기르는 것을 어려워하던 부모들은 물론이고, 직업적 양육자들마저 고개를 저었다. 결국 우리에게 이름을 약속한 이들은 마음을 돌렸고 손해 보더라도 다음 버전의 아기를 기다리기로 한 것이다.

신나게 창조자 역할을 즐기던 기술자들은 당혹스러웠다. 늘 새로운 단계의 아기 키우기에 도전하던 전문 양육자들마저 꺼린다는 건 '쉬운 양육'을 장점으로 내세운 복제 아기 시리즈로서 확실히 문제가 있어 보였다. 끝내 Cx 계열을 포함한 시리즈 전체가 고민 없이 판매 종료되었다. 고유 번호를 받은 Cx 아기들은 덩그러니 남겨졌다. 다음 시리즈의 판매를 앞둔 이들에게 남은 Cx들은 골칫거리였다. 관계자들은 비밀리에 Cx들의 고유 번호를 삭제해 폐기하기로 했다. 그러나 기술진 중 누군가 그들에게 등을 돌렸고 '복제 아기 살해 계획'이 세상에 알려지게 되었다.

사건은 관련 책임자들 일부가 물러나거나 처벌받으면서 마무리되었다. 죽을 뻔했던 복제 아기들은 다양한 사람들을 만나 가족을 이루었다. 나도 죽기 직전 엄마를 만났다. 일에만 파묻혀 살던 엄마는 우연히 '버려진 아기들'에 대한 기사를 보았고 사진 속 한 복제 아기 Cx-37에게서 눈을 뗄 수 없었다고 했다. 무표정한 얼굴의 커다란 눈이 엄마를 보며 '나 여기 있다.'고 했다는 것이다. 엄마는 처음 겪어 본 감정이 너무 벅차 그렇게 좋아하는 일도 잠시 접고 휴가를 내야 했다.

그리고 며칠 내내 고민하던 어느 아침, 밥 먹던 숟가락을 던져 놓은 채 복제 아기 Cx-37, 나를 찾아왔다. 그러고는 복잡한 절차도 마다않고 정식으로 나를 입양했다.

엄마를 처음 만났을 때 나는 울지도 웃지도, 심지어 배고파하지도 않았다고 한다. 병든 게 확실한 나를 엄마는 매일 밤낮 안아 먹이고 씻기고 재우고, 노래 불러 주었다. 점차 내가 그 목소리에 반응하기 시작했다. 엄마와 눈을 맞췄고 따뜻한 품을 찾아 파고들었다. 엄마는 조그만 나를 쉼 없이 보듬었다. 간신히 울음이라는 걸 이용할 줄 알게 되었을 때, 나는 그동안 쌓인 것들을 한꺼번에 쏟아 내었다. 먹으면서도 자면서도 눈물을 흘렸다. 약도 없다는 눈물병에 걸려 다시 초주검이 되었다. 엄마는 아예 가슴팍에 주머니를 만들어 나를 매달고 살았고 나는 젖도 나오지 않는 그 가슴에 붙어 눈물을 한 바가지 짜낸 후에야 겨우 잠이 들었다. 여러 병원을 전전한 끝에 나를 쥐어짜던 그것이 죽음에 이를 수 있는 심각한 '젖먹이 우울증'이라는 걸 알게 되었을 즈음, 병은 나아 있었다. 그리고 처음으로 내가 웃음 짓던 날, 엄마는 펑펑 울어 버렸다.

내 죽음을 연달아 밀어낸 그 품은 변함이 없었다. 엄마는 내가 건강하게 잘 먹고 잘 놀고 잘 잘 수 있기만을 바랐다. 하지만 어린 내 몸은 준비가 되지 않은 모양이었다. 돈 잡아먹는 기계처럼 여기저기 고장 나기 시작했다. 그래도 세상 걱정 같은 건 없었다. 엄마는 최고의 의료진을 찾아 최고의 약과 부속품으로 나의 구석구석을 고치고 바꿔 주었다. 엄마는 절망하지 않았다. 지치지도 않았던 것 같다. 그러던 어느 날, 엄마와 함께 만난 하얀 수염의 의사가 웃으며 말했다.

"세상 끝날 때까지 고장 날 일은 없겠군. 딴 애들보다 더 건강하게 오래 살 거요."

그의 예언대로 나는 또래보다 크고 튼튼했다. 살아남은 것이다. 몸 일부는 기계였지만 나는 누구보다 멋지게 자라고 있었다.

엄마와 나는 유명했다. 죽음의 구렁텅이에서 구출된 복제 아기들 대부분이 일곱 살을 넘기지 못하고 병들거나 다시 죽음을 맞는 일이 생겨났다. 나는 아주 운 좋은 경우였다. 그리고 그 모든 게 엄마의 특별한 헌신 덕분이라는 걸, 책을 줄줄 읽는 나이가 되고서야 알게 되었다. 엄마가 내게 해 준 많은 일들이 이미 오래전에 뉴스거리가 되어 퍼져 있었던 것이다.

'중성인 모성애 폭발', '엄마병 걸린 중성인', '중성화 수술 부작용?' 등의 제목이 나붙은 기사들은 단어 몇 개가 낯설었을 뿐 이해하는 데 그다지 오래 걸리지 않았다. 그동안 기자들과 과학자들이 의심과 호기심을 갖고 우리를 찾아왔었다. 그렇지만 엄마는 그와 관련된 모든 만남을 거절했다. 엄마는 우리가 다니던 병원을 통해 소문났으리라 짐작했다.

"크큭. 왜 아니겠어. 이상한 중성인이 키운 복제 아기에 대해 지금까지 기록되는 곳은 병원밖에 없는데."

우리는 의사와 간호사뿐만 아니라 다른 많은 이들의 호기심을 받곤 했다. 하지만 그뿐이었다. 사람들은 우리를 신기해하거나 의심했지만, 대부분 잘 잊었다. 덕분에 우리는 잘 지냈다.

지난해 어느 저녁, 내 나이 열세 살, 생리 시작 전이었다. 나는 망설임 없이 말을 꺼냈다.

"생리 시작하기 전 수술해야 성공률 100퍼센트래."

엄마에게는 느닷없었겠지만, 꽤 오랜 고민 끝에 내린, 내 인생에 있어 제일 근사한 결정이었다.

친구들 중에 생리를 시작한 애들이 많았다. 그 아이들 중 나중에 마음을 바꾸는 이들도 있겠지만, 당장 대부분은 아기를 낳을 수 있는 '여성의 생물적 능력'을 선택했다. 아기를 낳고 기르는 일이 힘들긴 해도 많은 혜택을 받을 수 있는 데다 여러 직접 경험을 할 수 있다는 이유였다. 덧붙이자면, 전통 교육 과정 내내 적극 권유된 사항이기도 했다.

열일곱 살이 넘으면 보호자 동의 없이 중성화 수술이 가능했다. 그렇지만 그때는 너무 늦는다, 나도 엄마도. 나는 결심을 굳혔다.

"지금 하면 부작용도 없고 키도 더 클 수 있대."

나는 중성인인 엄마에게 중성인이 되면 좋은 점들을 먼저 늘어놓았다. 어떻게든 엄마를 설득해야 했다. 내가 수술에 대해 줄줄이 꿰자 엄마는 깜짝 놀란 듯하다 이내 안타까워하고 궁금해하며 도리어 나를 설득하려 했다.

"왜? 나중에, 나중에 꼭 필요해지면 그때 가서 해도 되잖아. ……그래, 중성인이라 좋은 점도 있어. 네 인생에는 생리가 없을 거고, 그리고 맘껏 일만 하면서 감정에 휘둘리지 않아 편할 수도 있겠네. 불규칙한 호르몬 따위 그런 것도 없을 거야……. 그런데 난 지금의 내가 좋아. 너 만난 다음부터 다른 차원의 세상을 사는 것 같아. 가끔, 내가 중성화 수술을 왜 했을까, 생각해……. 너는 아직 어리잖아. 중성인이 되면 애정뿐만 아니라 다른 감성적인 부분도 제한될 수 있어. 임신 못 하게 되는 중성화 수술은 호르몬 억제 시술, 약 복용까지도 포함돼. 그렇게 되면, 이젠 없는 거야. 네가 느껴 왔던, 느낄 수 있는 많은 것들을 놓치게 되는 거라고……. 네가 일만 하며 살고 싶다면 여성으로서도 가능해. 너 일하는 데 방해되지 않도록 나도 어떻게든 애쓸 테고."

엄마는 내가 원한다면 정말 뭐든 해 주려 했을 것이다. 그건 누구보다 잘 알고 있었다. 그렇지만 난 더 늦지 않기만을 바랐다. 엄마에겐 돈도 없지만 시간은 더더욱 없었다. 그런 엄마를 위해 내가 해 줄 수 있는 일을 찾아낸 것이다. 이 사실을 알면 엄마는 어떻게 해서든 말릴 게 분명했다.

엄마가 턱에 손을 괴며 물었다.

"말해 봐. 진짜 무엇 때문이야?"

나는 미간을 찌푸리며 엄마의 질문을 막아 냈다.

"나를 만들고 죽이고 살려 낸 이곳, 떠나고 싶어."

엄마 얼굴이 굳어 버렸다.

전 지구적으로 다른 행성 정착지 개발에 열을 올리고 있었다. 수많은 기업들이 연계하여 개척지에 많은 사람들과 돈을 쏟아부은 지 벌써 반백 년이 넘었다. 제일 가까운 행성으로 이주해 가는 이들만 한 해 수십 명에 달했다. 지원자들은 대개 중성인이나 기계인이었다. 수술하지 않은 남성이나 여성도 드물게 섞여 있었지만 환영받지는 못했다. 불임인 데다 안정적 호르몬이 흐르는 중성인은 말썽이 적었다. 낯선 환경에서 서로 다른 이들과 일하기에 최적의 인종이었던 것이다.

평생 고장 날 리 없는 내가 중성인까지 되면 지원 자격 1급이 될 수 있었다. 개발 중인 행성에서 어린 중성인들은 교육과 의료 혜택, 이주 비용 등 홍보상 알려진 것보다 더 많은 것들을 제공받았다. 나머지 가족의 생계가 보장되고도 남을 만큼의 급여를 주는 곳도 있었다. 엄마에겐 돈이 필요했고 내가 많은 돈을 벌어 줄 수 있다는 사실에 다른 생각은 전혀 들지 않았다.

중성화 수술에 대해 얘길 나눈 그날 이후, 엄마는 부쩍 말수가 줄어들었다. 나를 설득하지 못해 실망한 건지, 몸이 아파 그러는 건지 알 수 없었다. 아니면 둘 다였을 수도. 내가 중성인이 되려는 정확한 이유를 감췄듯 엄마도 내게 터놓지 않은 것이 있었다. 머릿속에서 점점 커지고 있는 혹 덩어리에 대해 말이다.

엄마는 드나들던 병원에서 두어 달에 한 번씩 약을 받아 왔다. 엄마의 가장 가까운 가족은 나였지만 나는 한 번도 엄마 약을 받아 온 적이 없었다. 엄마는 산책 가듯 나갔다 돌아와 영양제 통에 알약을 쏟아 넣었다. 엄마 나름대로의 편한 방식이겠거니 생각했다. 어느 날 무심코 바라본 엄마 모습이 그날 따라 이상해 보인 이유는 알 수 없다. 엄마는 마치 깊은 물에 뛰어들기 전처럼 뜸 들이며 입에 약을 밀어 넣었다. 내가 엄마 개인 차트 비밀 번호를 알고 있을 리 만무했다. 나는 영양제 통에 들어 있던 약을 몰래 주머니에 쑤셔 넣고 담당 의사를 찾아갔다.

처음, 엄마의 병을 알았을 땐 내가 도울 방법이 없다는 생각에 답답하기만 했다. 그 마음은 이따금 엄마에게 대들듯 터지기도 했다. 그렇지만 정작 엄마는 무심해 보일 정도로 차분했다. 머릿속에 뭐가 있든 말든 아프면 그냥 약을 먹었고 늘 하던 대로 내 밥과 옷을 준비해 주었다. 안전한 의료 기술 덕에 수술 후 엄마가 죽을 가능성은 희박했다. 그럼에도 엄마는 혹을 걷어 낼 생각이 전혀 없었다. 엄마는 부작용을 걱정했다. 혹을 떼 내면 나까지 떨어져 나갈 거라 생각했는지도.

검사 결과에 따르면 그건 엄연한 사실이었다. 엄마는 약을 받아 올 때마다 "……수술로 인한 뇌의 감정 영역 손상이 99.9퍼센트의 확률로 나타날 수 있으며…….."와 같은 소견을 들어야 했다. 인공지능 닥터 에잇슨의 검진 결과였고 담당 의사 의견도 일치했다. 너무 오래 내버려 둔 게 문제였다. 혹이 너무 커져 수술 부위도 클 수밖에 없었다. 부작용은 너무나 당연했다. 지능 영역이나 기억력은 차차 회복되겠지만, 엄마가 소중히 여기는 여러 감정과 느낌들을 더 이상 갖지 못하게 될 것이다.

사실 엄마의 치료가 더 두려웠던 사람은 나였다. 내가 찾아간 의사들은 그 혹이 '오래전'부터 있었을 거라 말해 주었다. 오래전이라 함은 엄마가 나를 처음 알게 된 즈음이었다. 그때부터 혹이 엄마의 뇌를 자극해 '정상적인 중성인'에겐 있을 수 없는 모성애를 일으켰을 거라는, 담당 의사 이야기는 정말 끝까지 듣기 힘들었다. 중성인의 뇌는 옥시토신 같은 호르몬을 만들어 내지 못한다. 엄마는 머릿속 변연계 내 종양으로 호르몬 조절에 문제가 생긴 중성인이었다. 말하자면 나는 중성인의 아픈 뇌 때문에 살아남은 목숨이었던 것이다.

종양 제거 수술을 받고 난 뒤, 엄마는 건강한 중성인으로 살 수 있겠지만 내게는 완전 딴사람이 될 터였다. 말없이 내게 주던 따뜻한 눈길도, 농담을 쏟아 내며 웃던 산책길도 더 이상 없을 것이다. 나와 함께한 많은 시간들을 더 이상 추억하지 않을 것이다. 중성인 가족이 한집에 모여 사는 경우는 종종 있었지만 그들이 함께 다니는 것을 본 적도, 들은 적도 없었다. 나는 한동안 어이없음과 슬픔, 화를 넘어 체념까지 온갖 부정적 감정의 릴레이를 경험해야 했다. 시간이 지나자 차츰 마음이 가라앉았고 여러 가지가 분명해지기 시작했다. 무엇보다 우리에게는 시간이 없었다. 나는 문제 해결 방법을 찾아 헤맸고 행성 정착지 개발 지원이라는 나름 희망적인 길을 택했다.

머릿속에 앞으로 해야 할 일들이 그려졌다. 나까지 중성인이 되면 우리는 서로를 남처럼 대할 것이다. 나 또한 엄마에 대한 여러 마음이 불필요했던 것처럼 여겨질 것이다. 그런 생각들로 나는 더욱 부지런히 움직였다. 그동안 내가 엄마에게 받은 만큼은 못 되겠지만 함께 하고 싶은 것들을 생각하고 실행에 옮겼다. 얼마 남지 않은 시간도 적은 돈도 내겐 큰 걸림돌이 되지 않았다. 엄마가 쌓아 놓은 시간이 또다시 내게 살아갈 의지와 표현할 수 없는 힘을 얹어 주고 있음을 알게 된 것도 그즈음이었다. 이제는 내가 힘이 되어 줄 수 있었다. 엄마가 수술 후 회복될 때까지, 중성인으로 일하며 살아갈 준비가 될 때까지만이라도 그렇게 하고 싶었다. 살가운 사이로 돌아갈 순 없겠지만 엄마는 건강히 살아 있어야 했다.

"지구 시간으로 일단 오 년이야. 못 가고 여기서 엄마 들들 봐도 돼? 하고 싶은 것 못 하면 나 평생 후회할 것 같아……. 나 떠나면 엄마 다시 일해. 재취업하려면 검진받고 아픈 데 있음 고쳐야 되는 건 알고 있지? 일하다가 나 보러 오기도 하고. 엄마, 나 보고 싶을 거잖아. 십 년이 지나고 이십 년이 지나도."

함께 저녁 먹을 때였다. 마지막 쐐기를 박듯 힘주어 말했다. 엄마가 고개를 들었고 까만 눈동자가 천천히 내 뺨과 콧날을 훑은 뒤 내 눈과 마주했다.

"너를 만나서 힘들 때도 있었지만 정말 기쁜 시간이었어. 그냥 같이 있자. 응?"

엄마는 여전히 나를, 혹 덩어리를 떼어 낼 마음 같은 건 없어 보였다. 그렇지만 나는 절대 포기할 생각이 없었다. 나는 엄마의 눈길을 피해 감자샐러드를 집어 들었다. 먹고 싶을 때마다 말하지 않아도 식탁에 오르는 것 중 하나였다.

"살려 내고 함께 있어 줘서 고마워. 죽을 때까지 잊지 않을 거야."

서로 다른 말이 오갔지만 우리는 같은 시간, 같은 마음을 온몸에 새기고 있었다.

엄마에게 어떤 것이 더 좋은지 정확히 말할 수 없다. 하지만 나는 내 결정이 옳다고 믿었다. 확신이 밀려왔다. 그건 엄마가 말한 기쁨 같은 거였다. 슬픔 속의 기쁨, 불행 속의 행운. 그 감정은 세찬 물결처럼 앞으로의 일을 준비하는 내내 나를 휘젓고 있었다. 마침내 엄마가 나에게 고개를 끄덕였던 순간, 그 느낌을 잊을 수가 없다. 그 이후 나는 아무도 믿지 않는 봄을 희망하기 시작했다. 메마르고 얼어붙은 들판에 꽃을 피워 낸다는 그 계절이 보고 싶었다.

내 수술 날짜가 잡혔다. 엄마는 물건들을 정리하고 나와 관련된 많은 것들에 상세한 메모를 붙여 놓았다. 우리는 서로에 대한 걱정은 쓸데없다 느껴질 만큼, 누가 더 챙겨 주나 겨루듯 남은 날들을 보냈다.

수술실 들어가기 전, 중얼거리듯 엄마에게 말했다.

"아침마다 돼지 멱따는 노랫소리로 깨우고, 나 때문에 감자 기르기 힘들다 끙끙거리고, 가끔 나 보며 바보처럼 웃고. 엄마가 이제 그런 거 못 해 줘도 서운해하지 않을 거야."

덧붙여 꼭 말해야 했다.

"나, 다시 태어나도 엄마의 아기이고 싶다."라고. 엄마가 반짝이는 눈빛으로 내게 말했다.

"나도……. 잊지 않으려 노력할 거야."

그건 정말 엄마의 마음이었다. 병든 뇌건 아니건 엄마의 기억과 의지와 감정은 모두 엄마의 것이고 엄마였다. 내게 해 준 모든 것은 진짜였다.

중성화 수술은 간단했다. 나는 한쪽 팔을 내민 채 마취제를 맞고 잠을 청했다. 무섭지 않았다. 나는 실험실에서 태어났다. 수도 없이 많은 수술도 견뎌 냈다. 내가 두려운 건, 혼자여도 아무렇지 않게 되는 것이다. 벅찰 정도로 행복했던 느낌들을 이제는 갖지 못하게 되는 것이다.

수술은 간단한 만큼 빨리 끝났고 정신이 들자 누군가의 손길이 느껴졌다. 엄마가 빨개진 눈으로 나를 바라보고 있었다.

"엄마병 도졌네."

내 웃음소리가 간신히 목구멍을 비집고 나왔다. 손끝이 따뜻해지자 그제야 몸에 피가 도는 것 같았다. 몽롱했지만 익숙한 병원 냄새에 완전히 깨어났음을 알았다. 몸은 무거웠지만 마음은 가벼웠다.

우리는 병원 밖 셔틀 정거장들을 피해 걸었다. 바람이 불고 머리칼이 날렸다. 수술받은 건 난데, 옆에서 엄마가 맥없이 터덜거렸다.

"엄마."

엄마가 나를 향해 돌아섰다. 나는 길 한복판에 서서 엄마를 안았다. 엄마의 차가운 턱이 내 이마에 와 닿았다. 내 몸에 아직 호르몬 수치가 고정되기 전, 약 기운이 제대로 퍼지기 전이었다. 마지막 포옹일지 모른다, 생각 든 순간 코가 쿠욱 쑤시며 아파 왔다. 팔을 풀고 엄마 손을 힘껏 잡았다. 그리고 큰 소리로 노래하기 시작했다. 알고 있는 노래란 노래는 다 부를 생각이었다. 엄마가 크큭 하고 웃더니 조금 씩씩하게 걸었다. 지나가는 사람들이 우리를 쳐다보았다. 그들의 눈길이, 나와 패치로 감싼 내 손목에 와 닿았다.

패치 속에는 수술 후 투약되는 캡슐이 달려 있었다. 나는 오늘 제3의 성, 중성인이 되었다. 잠깐 눈앞이 뭉개졌지만 울고 싶진 않았다. 내겐 하고 싶은 일과 기억해야 할 것들이 너무 많았다. 따뜻한 햇살이 내리고 시원한 바람이 불었다. 당장 몇 시간 후 비가 올지 눈이 쏟아질지 아무도 모른다.

모른다, 내 손 꼭 잡고 노래를 배우거나 함께 걸을 아이는 없을지도. 정말 모르는 일이다. 먼 훗날 엄마가 문득 내 앞에 감자샐러드를 내밀며 너 이거 때문에 젓가락질 배웠잖아, 하며 웃을지도.

176

우리는 봄바람 속에 서 있었다. 어지러운 기후가 된 지구에서 사라졌다는 그 봄 말이다.

· **임우진** ◇ 나는 지구의 한 실험실 인공 자궁 배양액에서 태어났다. 하지만 나를 살리고 기른 건 자신이 무엇인지 구분 못 하는 아빠였다. 나는 그를 13년 동안 '엄마'라고 불렀다.
지금 나는 프록시T에 살고 있다. 얼마 후, 행성 체류 재계약 기간이 만료된다. 10년 전 기록에 '지구에 오래전 사라진 봄이 오면 반드시 엄마와 꽃나무 심기☆☆'가 있다.
별이 두 개다. 가야 한다. 봄이 돌아왔다는 편지를 받았다.

참신한 시각, 인물 형상화에 유의하자

김이구(문학평론가)

1

한낙원과학소설상 작품집 출간이 어느덧 세 번째를 맞이한다. 이 땅의 어린이 청소년 과학소설을 개척했던 한낙원 선생의 발자취가 21세기 들어 새롭게 한 발짝씩 또렷하게 새겨지는 과정에 함께하는 것이 참으로 뿌듯하다.

제3회 '한낙원과학소설상'에는 모두 40명이 47편을 응모했다. 1회 때 19편, 2회 때 25편에 비해 거의 두 배 가까이 응모작이 늘어났다. 반가운 추세다. 인공 지능 알파고와 바둑 천재 이세돌이 겨룬 대결 이벤트에 예비 작가들이 자극받은 점도 아주 없지는 않겠지만, 한낙원과학소설상이 그동안 많이 알려졌고 또 앞서서 좋은 작품과 작가를 발굴했기 때문일 것이다.

이번에도 응모작들은 로봇, 인공 지능, 맞춤형 인간, 가상 현실, 재난과 지구 종말, 우주 개척 등 다양한 소재들을 다루고 있었다. 유전자 조작, 홀로그램, 드론 등도 주요하게 또는 부차적으로 등장하였다. 주제 면에서는 '어린이 청소년' 과학소설이라는 성격을 의식해서인지 로봇과 인간 간의 관계 설정, 정체성 찾기 등을 탐구한 작품이 눈에 띄었다. 또한 미래 사회의 모습이 계급 사회가 강화되어 등급 상승에 속박되는 디스토피아적인 전망으로 구체화되어 있는 점도 여러 응모작들에 공통적이었다. 이런 경향의 작품들은 대개 이야기 구조와 주제 의식, 문장력 등도 일정한 수준에 다다라 있었다.

응모 편수가 늘어난 것과 함께 전체적으로 작품 수준이 상향 평준화되었고, 30매 정도의 짧은 단편보다 초등 고학년이나 청소년 독자에게 알맞을 규모의 이야기를 펼친 작품이 훨씬 많았다. 사실 어린이나 청소년 독자, 특히 어린이 독자를 의식하여 거기에 맞게 작품 성격을 충분히 조정한다는 것은 쉬운 일이 아니다. 물론 작품에 따라서는 어린이와 청소년 또는 청소년과 어른, 어린이부터 어른까지 두루 읽을 수 있는 경지에 이를 수도 있으나, 기본적으로는 목표 독자에 걸맞은 작품의 정체성을 먼저 확보해야 한다.

이번 응모작의 경향을 볼 때 대체로 일반 과학소설 습작을 토대로 접근하기 쉬운 청소년용 작품을 시도한 경우가 많았다. 성공적인 시도도 적지 않았지만 대개는 좀 더 정리되어야 할 상태를 노출하고 있었다. 쉽게 해답을 얻을 수 있는 것은 아니지만,

어린이 청소년 독자에게 걸맞은 내용과 형식을 더 깊이 고민해야 할 것이다. 성장하는 아이들이 상상력을 자극하는 뛰어난 과학소설을 읽는 것은 매우 중요하다. 초등 중·저학년이 읽기 좋은 작품도 나올 수 있도록 응모자들의 관심이 치우치지 않고, 어린이문학 예비 작가들도 과감한 도전을 계속해 주기를 바란다.

2

심사위원들이 일차 추천한 작품을 모아 보니 열다섯 편 가까이 되었다. 과학소설의 범주를 벗어나지 않으면서 이야기 구조가 탄탄하고, 앞으로 계속 작품을 써 나갈 수 있는 문장력이 되는가를 중점적으로 살폈다. 과학적인 상상력이 신선하고, 과학 기술이 인간의 삶에 미치는 영향을 다루고 있고, 구체적이고 생생한 실감으로 다가오는가 하는 점 또한 기준이 되었다.

「뚜껑 너머」는 구획된 미래 사회에서 탈출하는 디스토피아적 설정이다. 햇살을 담아 파는 지하 세계를 벗어나 진실을 찾는 여정이 안정적인 문장으로 펼쳐졌다.

「우리들의 유전자」는 탈모나 피부색 등 특이한 유전자 변이가 있는 사람들의 의식과 태도를 연구소 취업 면접이라는 상황을 통해 탐색하고 있는 작품이다. 극적인 사건이 일어나지 않지만 문장이 정확하고 흥미롭게 읽히는 장점이 있다.

「진로 탐색」은 외계 행성과의 전투, 외계 행성에서 살아남기를 다루고 있으나, 그것을 가상 현실에서의 진로 탐색으로 설정한

점이 이채롭다. 가상 현실이지만 지난한 고난을 통과한 주인공이 다른 진로를 선택하는 결말이 여운은 있지만 탐색의 의미가 무엇인가 하는 의문도 남는다.

「두 번째 열다섯 살, 그 선택」은 냉동 인간이 되었다가 50년 뒤에 깨어난 아이가 겪는 이야기다. 미래 세계에서 새롭게 경험하는 것들, 자살을 시도한 과거와 주인공의 새로운 선택이 실감 나게 그려져 있고, 〈트루먼쇼〉의 스튜디오와 다름없는 공간의 폭로와 함께 드러나는 세계의 양상도 정교한 설정으로 다가온다.

「엄마의 계절」도 중성인과 기계인이 선호되는 미래 사회의 아이러니를 다루고 있다. 버려진 실험용 아기와 머릿속의 혹 때문에 모성을 갖게 된, 그 아이를 입양한 중성인 엄마의 이야기는 성장한 아이의 중성화 수술 선택으로 귀착된다. 역시 전복된 사회를 바탕으로 모성과 배려를 뭉클하게 그려 낸 점은 뛰어나나 좀 더 새로운 인식에 다다랐더라면 하는 아쉬움이 남는 작품이다.

우수작으로 뽑은 다섯 편은 리얼리티와 메시지, 완성도, 어린이 청소년 대상 작품으로서의 적절성 면에서 상당한 수준에 올라 있는 것들이다. 물론 조금씩 아쉬운 점이 없는 것은 아니지만 신인 내지 신인급 작가들이 이만한 과학소설 작품을 쓴다는 것은 대단한 일이다.

수상작 「세 개의 시간」은 혜성 충돌로 인한 지구 탈출과 귀환을 다루고 있지만, 제목에서 드러나듯 주제는 시간에 대한 탐구다. 우주선에서 오랜 기간 견디고 귀환했을 때 열악한 지구 환경에 적응할 수 있도록 아이와 어머니, 아버지의 생체 시간을 각기 다르게 조절한 상황에서 '채아'는 시간을 여러 차례 리셋한다. 각기 설정된 생체 시간 속도의 심한 차이로 인한 소통 불능 상태에서 잠깐씩 같은 속도로 흐르는 시간을 되찾아 소통을 경험해 본 것이다. 우주선들이 지구에 귀환하며 벌어지는 상황은 충격적인데, 시간 조절과 시간 차이가 야기하는 것, 즉 어른과 아이의 시간에 대한 감각과 욕망, 시간 차의 패러독스를 맛보게 한다. 응모작들 중에서는 유일하게 시간 문제에 초점을 맞춘 점이 신선했고 독자의 사유를 유도하는 이야기로 읽히는 힘이 있었다.

「세 개의 시간」을 당선작으로 택한 것은 다른 작품들에 비해서 기시감이 적고, 시간에 대한 시각과 접근이 독자의 성찰적 사유를 이끌어 내고 있기 때문이다. 다소 확장하여 읽으면 아이 세대와 어른 세대, 아이와 부모, 부모들 사이의 어긋나 있는 시간들을 은유하면서 같이 흐르는 시간, 소통의 시간이 무엇이고 왜 소중한지를 말하고 있는 작품으로도 다가온다.

「달의 정원」은 「세 개의 시간」에 비하면 지상의 삶이라는 일상성에 더 밀착한 관점으로 진행되는 이야기이다. 외계인이 등장하기는 하지만 과학소설적 하드웨어에 충실하기보다는 환상성이 강한 편인데 정서적 흡인력은 굳건하다. 아마 청소년 독자들은 적잖이 공감하며 이야기를 좇아갈 것 같다. 이 두 편이 같은 작가의 작품이라는 사실은 창작에 임하는 시야가 유연하며 이 장르를 다루는 솜씨도 예사가 아님을 보여 준다. 앞으로가 기대될 수밖에 없는 바람직한 덕목이니 꾸준히 필력을 갈고닦아 많은 독자들과 만나길 바란다.

몇 가지 창작 방법적인 면을 덧붙여 이야기하자면, 성공적인 작품은 대개 작중 인물들이 뚜렷한 형상으로 다가오는 만큼 인물 형상화에 공을 들이는 것이 중요하다. 과학소설적인 설정에 고심하다 인물의 성격이 확보되지 못했거나 정리되지 않은 응모작들이 많았다. 또한 많은 기호와 이색적인 고유명사를 등장시키는 작품들이 있는데 그때 가독성을 해치지 않게 주의해야 한다. 기호나 이국적으로 명명된 행성, 사람 이름 등은 상황에 걸맞을 경우도 있지만, 자주 사용하면 읽기가 매우 불편하다. 적절하게 대명사를 사용하거나 발음하기 곤란한 작명은 피하는 것도 좋은 방법이다. 또한 작품 규모에 맞지 않는 복잡한 설정보다 문제의 핵심에 집중하는 것이 더 낫다.

제1회 한낙원과학소설상 작품집 『안녕, 베타』와 제2회 작품집 『하늘은 무섭지 않아』의 출간은 어린이 청소년 문학 동네에서 화제가 되었고 독자들로부터도 환영을 받았다. 이제 세 번째로 선을 보이는 『세 개의 시간』 역시 좋은 작품들이 알차게 실려 있는 만큼 잘 자리를 잡으리라 기대한다. 한낙원과학소설상이 신진 작가를 발굴하고 어린이 청소년 과학소설의 부흥과 발전을 일궈낼 수 있도록 꾸준한 관심과 성원을 부탁드린다.

세 개의 시간

2017년 11월 20일 1판 1쇄
2021년 2월 20일 1판 5쇄

지은이 윤여경, 박효명, 허진희, 김유경, 허윤, 임우진

편집 김태희, 장슬기, 나고은, 김아름 | 디자인 권소연 | 제작 박흥기
마케팅 이병규, 양현범, 이장열 | 홍보 조민희, 강효원

인쇄 코리아피앤피 | 제책 정문바인텍

펴낸이 강맑실
펴낸곳 (주)사계절출판사 | 등록 제406-2003-034호
주소 (우)10881 경기도 파주시 회동길 252
전화 031)955-8588, 8558 | 전송 마케팅부 031)955-8595 편집부 031)955-8596
홈페이지 www.sakyejul.net | 전자우편 literature@sakyejul.com | 블로그 skjmail.blog.me
페이스북 facebook.com/sakyejul | 인스타그램 instagram.com/sakyejul

ⓒ 윤여경, 박효명, 허진희, 김유경, 허윤, 임우진 2017

ISBN 979-11-6094-328-3 44810
ISBN 978-89-5828-473-4 (세트)